# 耳学問・尋三の春

Shohei
Kiyama



木山捷平

P+D
BOOKS
小学館

目次

# うけとり

貧しい百姓の子供たちは、学校がひけて家へ帰っても、町の子供や月給取の子供のように勝手気儘《きまま》に遊ぶことはできなかった。彼等はどこの家でもうけとり（或る仕事の量を決めてそれをひき受けさせること）を命じられ強要された。仕事の性質と量とは、季節と年齢によって相違があった。子守、草刈り、縄綯《な》い、牛飼い、桑摘み、紙袋はり、等々。ただ同じなのは、学校がひけて日が暮れるまで働いて、やっと仕上がるだけの時間を必要とするということであった。

山峡《やまかい》の村に秋が来ていた。楢《なら》や櫟《くぬぎ》がところどころに紅葉を飾って、山の谷間に朝の陽が明るくかがやいていた。

「今日も昨日とおんなじじゃ。大籠に山盛りに一杯――」

岩助は学校へ行きがけに、こう母親から怒鳴られた。

「団栗《どんぐり》の葉なんぞのまざらんとこをじゃぞ」

後から父親の声が追っかけるように襲いかかった。

去年の秋までは中籠に一杯でよかったのに、今年になってから彼のうけとりの量は急激に殖《ふ》えていた。彼は内心それが不平であった。それでいつか夕暮の台所の土間で、母親と二人きりになった時、その減額をたのんでみた。

「生意気なこと言いんさんな。飯だきゃ仰山《ぎようさん》くらうようになりやがって。そんなこたあ、その大けな体によう相談してから言いんされ」

母親に言われるまでもなく、岩助は今年の春頃から秋にかけて、背丈がスカンポのように伸びていた。彼はそのことを自分でも、学校の身体検査がある度にびっくりするほどよく知っていた。が、

「じゃけど、年は去年より一つ大きゅうなっただけじゃで」

と、抗議を試みた。

「うるせえ。それくれえなうけとりができんなら、学校をさがって朝から野良へ出んされ」

岩助は返事に困って黙っていた。すると母親はややしんみりと続けた。

「それくれえなうけとりぐれえ、何でもなえじゃなえか。わしらお父《とつ》つぁんと山岡先生の小作を汗水たらして一町もしとる。じゃけど、なんぼ先生にたのんでも年貢は一升も一合もまけてもらえんのじゃど。……松葉を大籠に一ぱい撫でるぐれえ何じゃ……」

母親はそう言って、黙ったまま煤《すす》けた竈《かまど》を覗《のぞ》き込んで火を吹いた。松葉がぱっと燃えついて、

母親の顔が明るく映え出された。
彼は敗れた。が、もともと請願など役にも立とう筈はなかった。彼等の生活にとって、そんなものを受け容れる余裕は微塵もなかった。切羽つまった日常生活の不満は、いつも怒鳴り合いと啀《いが》み合いとで満たされた。

――馬鹿野郎

――この餓鬼め。くたばりやがれ

こんな言葉が日夜家の中を飛散した。そうした環境の中に育った岩助は、少々の荒々しさに驚きはしなかった。が、近頃どうかすると父親が、また時には母親が怒鳴りに使う新しい言葉が一つ増えていた。

――この穀潰《ごくつぶ》しめ。学校なんぞさがってしまえ

これには岩助も辟易した。何と言っても家で仕事を強《し》いられるより、学校に行って算術を習ったり読本《とくほん》を読んだり、鉄棒にぶら下ったりする方が楽だった。それに今年十三の岩助は、尋常科(1)卒業を三、四カ月先にひかえていた。まさかそれまでにはどんなことがあっても、退学させられるようなことはあるまい。しかしその後で高等科へ上げてもらえるか否かが今は問題だった。

朝早くから日が暮れるまで、野良に出て追い使われることに比べれば、学校がひけてからのうけとりぐらいは労苦の中にはいらない、と彼は思った。それにいよいよ学校をさがった時のことを考えると、それ以上に今一つ寂しいことが淡いながらも意識の上にのぼって来た。

「セイちゃんに逢えなくなったら——」

セイちゃんは、岩助よりも一級下の女生徒だった。やはり彼と同じく小作百姓の娘であったから、細長い顔は日に焼けて馬鈴薯色をしていた。頬ぺたが苺のように赤かった。何よりの特徴は、つぶらな黒い瞳をかざっている睫《まつげ》が、瞬《まばた》きする度に邪魔になりはせぬかと思うほど長かった。

彼はいつの頃からかセイを好きになっていた。それは自分にさえ判然とは分らない。が、この春のことであった。運動場の桜も散って、汗のにじむほど暖かくなった昼休みの時、友達とキャッチボールをして遊んでいた。と、どういう機勢《はずみ》でか、彼の投げた毬《まり》がそれて、運動場の隅でお手玉をとっている女生徒の中に飛び込んだ。

「きゃっ!」

悲鳴を五、六人の女生徒がとり囲んだ。彼は囲みを目がけて駆けよった。一人の女生徒が左の脇の下を右手で抑えて蹲《うずくま》っていた。

「まあ!」

「意地悪!」

女生徒の喋舌《おしゃべり》な眼が岩助に集まった。彼ははっと当惑した。ちょっと躊躇《ためら》った。が、被害者の足許に行って腰をかがめた。

「痛かったかな?」

被害者は瞳をかすかにひらいて、軽く頷《うなず》いた。

「こらえてな」

彼女はもう一度瞳を開いて、更に深く頷いた。

この女生徒がセイであった。この小さな事件は、彼女の心を岩助に近よせたらしい。学校の湯呑み場や便所の入口で、どうかしてひょっこり出逢うことがあると、彼女は恥ずかしそうに肩をすぼめたり、時にはその久留米絣《がすり》の小さな前掛を口のあたりに持って行きながら、小走りに駆け出したりした。彼はそれが無上に嬉しく、必要以上にそうした場所に足を運んで、彼女と出逢うことを秘かにたのしむようになっていた。

ただそれだけの事であったが、にも拘らず彼女に逢えなくなった日のことを思うと、岩助の心はあやしくふるえた。セイの家は低い丘畑一つ隔てた隣部落にあった。部落が異《ちが》うため家庭的の交渉はほとんど皆無である。まして二人が学校以外で顔を合わせるような機会は滅多にない。同じ部落のタツや、キヌや、スミなら、鬼ごっこや隠れん坊をして遊んだ幼な馴染みでもあり、声をかける機会はいくらでもある。それなのにセイは、ただの丘畑一つのことで、と思うと、岩助の恋情はますます募っていった。

秋がだんだん深《ふか》んで行った。岩助のうけとりの山行きがつづいた。彼はこのごろ高等科へ上げて貰いたさに、命ぜられた仕事をよく完成して、父母の機嫌を損じないように極力努力をはらっていた。

山林を持たない小作百姓たちにとっては、秋は収穫の忙しさの上に、一年の燃料を掻き集めておかなくてはならない。村の共有林を目がけて子供たちが動員された。それぞれ親たちからあてがわれたうけとりの竹籠と熊手を背中に負って、腰を屈《かが》めて、

「オーイ」

「オーイ」

松籟《しょうらい》の鳴っている林の中で、彼等は友を呼び交わしながら松葉掻きに懸命になる。もしも、あてがわれたうけとりが果されない場合は、いかに空腹を覚えていようとも、その日の晩飯は欠食を仰せつからなければならない。それなのに共有林の落葉には限りがある。いきおい、彼等は私有林へ私有林へと進入して行く。

その日は、久し振りに空が曇っていた。岩助は山へはいって行く坂道で、小便を放りながら考えた。佐々山も野呂山も掻きつくした、窪山は人が集まり過ぎる、今日は山は少し険しくまた遠くもあるが、山椒谷の方までのぼって見よう。案外早く荷ができるかも知れない。

岩助の考えは的中した。山椒谷には、茨やつつじが密生して掻きにくくはあったが、太くて長い松葉が相当に落ちていた。ときどき四十雀《しじゅうから》が梢から梢へ移りかわる外、誰の姿も見当らなかった。彼はひとりで、つぶらな瞳と赤い頬のセイを思いながらせっせと仕事にとりかかった。やっと掻き集めた松葉を籠に詰めていると、急に谷が暗くなって頂の方からしめりを帯びた風が笹の葉を騒がせながら吹き降りて来た。風が過ぎ去ったかと思う間もなく、大粒の雨がぱらぱらと落ちて来た。岩助はあわてて近くの槲《かしわ》の木の下に雨宿りした。

その時、とと、とと、という音が彼の耳に聞えて来た。ふり向いて見ると、谷の上手から下りて来る頬冠《ほおかむ》りをして竹籠を背負った小さな姿が目に映った。誰だろう。分らない。しかし山人には山人の親しさがある。彼は声を出して呼んで見た。

「オーーイ」

姿がこちらをふり向いた。やはり誰か分らない。が、姿は雨に濡れている。彼は手首をうごかしてさし招いた。姿は小走りに近づいて来た。そして槲の木の三、四間前できょとんと立止った。

「ら、まあ……」

岩助は瞬間はっとした。ものが言えなかった。が、すぐ俄雨《にわかあめ》が口をほどかせた。

「早う……早う入らんとびしょ濡れになるがな」

きょとんとした顔が、雨の中でにこりとした。

「じゃ、入れてえな」

姿は岩助から少し離れて、槲の木の下に駆け込んだ。駆け込むが早いか地べたの上に膝をついて、背中の籠をおろして置いた。

十秒。二十秒。三十秒。

岩助の胸が、えたいの知れぬ動悸をうちはじめた。彼は狐にでも騙されているのではないかと訝《いぶか》った。が、姿は頬冠りをとって、その浅黄木綿で濡れた顔を拭いながら、

「私《うち》な、きくちゃんかと、思うた」

と喘ぎながら言った。そうしていつもの癖とおなじに、肩を大きくすぼめて笑った。やはり現実のセイであった。

あまりの咄嗟《とっさ》に岩助は少しどぎまぎした。が、やっと、

「そうかな。わしは……。大分濡れたじゃろうな」

と半分意味の通じない返事をした。すると彼女は、

「いいや、ちっとも……これ」

と、くるりと彼の方に背中を向けた。彼女の胴体よりも大きい竹籠の荷は、身体の防水具をなしたのであろう、ほんの少ししか濡れていない半幅帯の結び目が、背中に突き出された。

一分。二分。三分。

セイの息づかいがだんだん落着いて来るようであった。と同時に、岩助の動悸も次第に静まって行った。

前の松林の間を、綾をなしながら駆けて行く白い雨足を、二人は黙って見つめていた。が、岩助が口を開いた。

「ひとりで来たん?」

「…………」彼女の頭が縦にうごいた。

「いつもこっちへ撫でに来るん?」

「…………」今度はかるく横にうごいた。

「今日がはじめて？」

「………」今度は縦にうごいた。

「一人で来ても恐うなえか？」

「………」今度は大きく横にかぶりを振った。

岩助はいつかの毬投げ事件の時のことが頭の中に泛《うか》んで来た。あの時とそっくり同じ顔だ、と彼は思った。困ったような表情が、彼女の長い睫のあたりで揺れていた。

彼は最近、セイを夢にさえ見るようになっていた。それはきまって彼女が盛装して、晴れた空の万国旗の下で運動会をしている姿であった。彼女はいつもつんと澄ました瞳を真正面に向け、胸を張って、顎をひきしめ、その長い手と足を前後左右に動かせた。その彼女が、今、彼と咫尺《しせき》を隔てて佇《たたず》んでいるのである。身体の中をこれまでの淡い恋心をのりこえた青い毛虫のような生きものが、むずむずとはげしく蠢《うごめ》くのを彼は感じた。

その時また急にざああと風が吹き過ぎる音がして、雨の雫《しずく》が槲の梢をとおしてぽとぽとと落ちて来た。

「あ、雨が落ちやがる。――セイちゃん、もっとこっちへ寄らんと」

セイは槲を仰ぎながら、彼のもたれている幹の方へ一足近づいた。

「まだ濡れるがな。もっと寄らんと――」

「………」

彼女は更に少し近づいた。

「まだ、もっと」

「………」

彼女の身体が、岩助の身体にかすかに触れた時、彼の両手は既にセイの肩にかかっていた。

「いたた……」

彼女が小さく叫んだ。

「う？」

彼は両手を少しゆるめて引いた。

「私な、あれからずっと、さわるとここが痛いん」

彼女はいつかの毬のあたった左の胸の上を抑えた。

「………？」

しかし岩助は、彼女のそうした言葉に憐憫《れんびん》をあたえる間隙を今は持たなかった。次の瞬間、セイは栩の幹と岩助の胸に挾まれたまま、細面の顔の上に、二つの長い睫を軽く閉じてふるえていた。

俄雨が遠く過ぎ去って、赤松の幹の片側に夕陽がしずかに映えていた。雑木や熊笹の葉の露が、微風に光ってころげていた。

岩助は、まだうけとりの済んでいないセイの竹籠に、自分の松葉を分けて与えていた。

「明日もな」

「ん」

「この辺でな」

「ん」

「きっとな」

「ん」

にわかづくりの荷ができると、セイは急いで竹籠を背負って、ころぶように里を指して駆け下りた。彼はまたしても、夢ではないかと訝りながら、その後姿を呆然と見送った。

岩助の生活が急変した。あれほど気持の負担になっていた山行きが、この上もない歓喜に変って来た。彼は毎日学校の授業が終ると飛ぶように校門をすべり出た。

或る日も、そのことをたのしみながら帰っていると、

「お前、今日のうけとりは山行きじゃろ。なら、一緒に行こうや」

と道連れになった近所の達吉に誘われたことがある。

「うん、じゃが……まだ、家へいんで見んと、よう分らんのじゃ」

彼はこう返事を濁らして、達吉を欺《あざむ》いた。

彼はただひとりで山へ登って行くのであった。谷に辿りつくとまず四方を見廻して、セイの所在をたしかめる。もし彼女が来ていればほっと安心し、来ていなければ心まちに待ちながら、その日の仕事にとりかかる。

彼はたのしかった。実に神様も及ばない早業で、さっさと松葉を掻きよせるのであった。やがて二つの小さい影は、すうっと寄り添って、物かげを択《えら》んで消えて行く。――ある時は谷の岩の間に、ある時は太い櫟の木の根本に、又ある時は犬歯朶《いぬしだ》の長い葉かげに。二人は茱萸《ぐみ》の渋い実を噛んだり、空豆を食べたりしながら、あたりが薄暗くなってしまうまで、時のたつのを忘れていた。その上をよく、烏がかあかあと鳴きながら通った。

さて、しかし、二人は現場を人に見つけられた覚えはない、まして烏が告げ口をして歩いたとも思えない。それなのにたった二週間たつかたたないうちに、噂は山友達の間にぱっと拡がってしまったのである。

岩助は、もう四日ばかりセイが山椒谷にやって来ないので、心ひそかに気に懸っていた。病気でもしているのであろうかと案じて見たが、そうでもないらしかった。彼女は学校には来ていた。だが、学校の人込みなどで出逢っても、彼女はわざと彼から瞳を避けて、いつものはじらいを忘れていた。それはきっと、今ではなるべく友だちたちに浅はかにさとられまいとする彼女の智恵に違いないと思って見ても、やはり彼の胸はおさまらなかった。

五日目になっても、その谷にセイの姿はついに見出せなかった。岩助の切ない恋情は、もしやと彼を野呂山の方へ駆り立てた。
岩助は山椒谷を下って、また斜めにその谷を上ると、野呂山の谷のはずれに出た。彼はそこから松の木越しにセイの姿を鋭くさがして見た。が、見覚えのある赤い半幅帯は彼の目にとまらなかった。彼は暫く気がぬけたようにそこにしょんぼりと佇《た》っていた。と、不意に、
「いーわーやーん」
谷の底の方から声を揃えて彼の名前を呼ぶ声が聞えて来た。彼は思わず声の方を見下ろした。松の幹の間の隙から、数人の山友だちがこちらを見上げていた。
岩助ははたと当惑した。返事が咽喉につまって出なかった。近頃、彼は山行きに友達をちっとも誘わなかったし、また誘われても体《てい》よく同行を避けていた後ろ暗さが、まず胸を衝《つ》いた。が、そんな彼には何の遠慮もなく、彼等は更に大きく声を張り上げた。
「岩やん言うても返事がない
ええ嫁さんでもとったんか
山椒谷のまん中で
何やらこそこそやりようた」
合唱は谷の周囲に木霊《こだま》して、林がもとの静寂にかえった。困憊《こんぱい》した彼の心臓も、ようやく仕方のない度胸を据えて来た。わざとらしい呟き笑いを背後に感じながら、彼はもとの谷へひきかえした。

隠し事を胸に持つ岩助は、それだけのことによって一切の情勢を敏感にかぎとった。セイのこのごろの落着きのない挙動も、山椒谷にやって来なくなった理由も、やっと氷解することができた。

歓びは束の間に過ぎなかった。学校に行っても、いやな嘲笑を浴びせられるばかりでなく、どうかすると仲間のものから撥《は》ね除《の》けをくわされた。家にかえれば帰って、歓びを失ったうけとりだけは儼然《げんぜん》と控えていた。余儀ない胸を抱いて、彼は孤独の山へ上って行かなければならなかった。

松葉を掻きよせる彼の手から、急に力がぬけて来た。掻きよせても掻きよせても、仕事は一向捗《はかど》らない。それに秋の日は日に日に短くなる。太陽が山のうしろに沈んでしまっても、彼のうけとりはまだ完成しないほどになって来た。

ある夕方、彼はやっとのことでうけとりの荷をこしらえて、帰りの支度にとりかかった。林の中はもうよほど薄暗くなっていた。彼は少し廻り道にはなるが、幅の広い寺道の方へ出ようと、小急ぎに寺の裏の方へ下りて行った。

寺は岩助の部落とセイの部落との区切りをなす丘の頂にあった。その寺から上手が、つまり木の生えた山になっていた。

「あ！」

寺の裏まで下りて来た時、彼は蛇に出逢った時のように一歩後ろにたじろいだ。寺の周囲をぐるりと廻《めぐ》らした白壁の土塀に、黒い影がひとつ寄添っているのであった。しかも影はかすかに揺れながら、きゅきゅと妙な音をたてている。

「幽霊！　いや、そんなものはこの世におりゃせん」

彼は自分に言いきかせて、わざと平気をよそおって、どうしても通らねばならない土塀に添った道を影の方へ近づいた。

「あら！」

と、小さく影が叫んだ。

「あ！」

と、岩助も思わず応じた。こわごわに目を据えて見ると、彼は二度びっくりした。セイが藁草履を右手に持って立っているのであった。二つの顔がしばらくの間、薄暗の中でじいっと見合った。

「私、困るわあ」

先ず救いを求めるかのようにセイは一歩前にすすみ出た。

「どうして？」

と岩助は落着いた調子で訊き返した。

「どして言うたて、これ見んやいな、これ――」

彼女はおろおろ声で白壁の土塀を指さした。

彼は目を近づけて見た。土塀の白壁の上に、岩助とセイに関する落書が、薄暗の中にもくっきりと浮いていた。落書は文字ばかりではなく、そのほとりに更に絵画が描かれて、いやが上にも効果を添えていた。

「くそ」

今までそれを皆目しらないでいた彼は思わず歯をくいしばった。書き手に対する忿怒《ふんぬ》がはげしくこみ上げて来た。が、彼はそれをぐっと抑えて口を開いた。

「何じゃい。これ位のこと。消してしまや、ええがな」

「でもな消しても、消しても、なんぼでも書くんじゃもの」

「なんぼでも?」

「こないだから私、なんぼ消したか分りゃせんに」

岩助は自分の怠慢を責められているような気がした。と同時に、彼女に対するいとおしさが、じりじりと胸ににじんだ。

「かまやせん、かまやせん、なんぼ書いたちうて、今度からわしがみんな消してしもうてやら」

彼は決してセイを悲しませてはならないと考えたのである。

「たのまあな」

彼女はうれしそうに、はじめて細面の頬にいつものはにかんだ微笑をうかべて、それから唇をかるく噛みしめた。

寺の本堂の方から、住持の読経が抑揚高らかに洩れていた。

「じゃけどな、岩やん、用心してな」

「うん？　何を――？」

「何をって、消しとるとこを、人に見られちゃ、いけんもの」

「誰かに見られたん？」

「ん、あのな、こないだ私、ひとりで消しようたら、お住持《じゅっ》つぁんに見られてな」

「………」

「あんたはええ子じゃ、感心な子じゃ言われてな……」

「ふ、ふ、ふ」

二人は憂わしげな顔に、仕方のないおかしさを含ませて、さびしく笑って顔を見合せた。

もう夜が近づいていた。鐘つき堂の夫婦《めおと》松の間から、少しさむそうにして半月がのぞいていた。家を気にするセイを先に帰した岩助は、ひとり後に残って、残りの落書を草履で拭っていた。

それから数日の後。

岩助の小学校では今しも朝会が行われていた。朝の光を浴びながら、全校生徒が隊伍をつくって校庭の真中に並んでいた。男は右側に女は左側に、下級生は前方に上級生は後方に。生徒と向い合って、十人の教師がほどよく間隔をへだてて佇っていた。

「敬礼ッ！」

赤い襷《たすき》をかけた当番の教師が号令を高く響かせた。五百の生徒が一様に、秋風になびく尾花のように腰をかがめて頭を垂れた。

松の生木で作った台の上に、痘痕《あばた》の校長が上っていた。校長は生徒たちの敬礼をぺこんと顎で受けると、いつものように半歩ばかり前にすすみ出て、腹をぐっと突き出した。

「今朝は皆さんに少々残念なことをお話して、皆さんの近頃の行儀について、よく反省して貰いたいと思います」

校長訓話が始まったのである。何のことであろう、生徒たちの瞳が一斉に、いつになく苦りきっている校長の顔に集中した。

「というのは近頃、皆さんの中には学校から帰って山行きをする者が大分あるようだが、その山行きの行き帰りに……」

岩助はすぐに直感した。ははあ、寺の土塀の落書についての注意するのだな、と。果してそうであった、生徒たちの顔がだんだん、神妙な顔を装っていった。

「あのお寺は一体、和尚さんのお寺というよりも、皆さんの家のお寺なのであります。そのお寺に落書をすると言うことは、とりもなおさず皆さんの家に——お父さんやお母さんの顔に落書するのと同じことなのであります。又この村のお寺に、つまらぬ落書があるということは、この学校の顔に落書があると言うことであります。つまりそれはこの学校の大きな面汚しなのであります」

ここまで声をはり上げて訓戒をつづけた校長は、もっともな様子を装っている生徒たちを満足そうにぐるりと見廻した。そして人に気づかれないほどのずるい微笑を赤いチョビ髭のほとりにたたえながら、胸のポケットから小さな手帳をとり出した。それから前よりもいくらか声を下げて話をつづけた。

「そこで皆さん、私は、誰と誰々がそのような悪い行いをしたか、ちゃんと知ってはおりますが、……けれども……中にはそのような者と反対に、立派な行いをしている者もこの中にないではありません。小坂（部落名）の佐々木セイの如きは、そのつまらぬ落書を一生懸命になって消しているのを見た人があるのであります」

列のところどころから、小さな囁きが起って、生徒たちの瞳が尋五女《じんご》の中央にたっているセイに集まった。

岩助の胸がにわかに、得も言えぬ渦巻きをはじめて来た。でもそっと頭を左に動かして、ぬすむようにセイの後姿に目をやると、彼女はその日に焼けた顔はもちろん、首筋から耳朶《みみたぶ》までも真赤にして、恥ずかしそうに俯向いていた。

「横見をするんじゃない、前を向いて！」

当番の教師が大声を高く張り上げた。にも拘らず、一度崩れたどよめきは、直ぐにもとの静粛にかえろうとはしなかった。

校長は尚も、セイの善事について褒言《ほめごと》をくりかえした後、話をまたもとの方へ引戻して、

「それにひきかえ、誰と誰々がそのような悪い落書をしたかは、私は、ここでは言いません。銘々が胸に手をあてて考えれば分ることであるし、今日は調べもしませんが、この台の上から見ていると、悪いことはできんもので、そんな生徒の顔には、私がそんな悪いことをしました、落書は私が書きましたと、ちゃんと表われております」

と校長一流の説話を続けたのである。

その時岩助の背後から、おかしさを堪えた忍び笑いが彼の耳に漏れて来た。無論、毎朝の石を嚙むような校長の訓話などは、今では生徒たちには馬の耳の風に等しくなっていた。しかも訓話が長びけば長びくほど、彼等の型ばかりの緊張は緩んで来るのであった。

忍び笑いはそこここに感染した。岩助はそれが何を意味するかを身に感じた。で、わざと校長の方を正視して平静を装っていた。にも拘らず、さげすみの瞳は幾十も、何の遠慮もなく彼の顔をめがけて集まって来た。

岩助はまるで山の中の秘事を、今こそ全校生徒の面前にさらけ出しているのと同じであった。燃える火の熱さを頰に覚えながら、彼はふらふらと倒れそうになる自分の五体を、ようやくのことに支えていた。

さてその日の午後。

岩助は受持の土井先生に居残りを命じられて、ひとり教室にのこされていたのである。

放課後の森閑《しんかん》とした古びた校舎の屋根の庇《ひさし》で、鳴きながら雀が遊んでいた。彼は椅子に腰かけて腕を組んだ土井先生と向き合って立っていた。

「強情な奴だな。おまえは」

「………」

「えッ?」

「でも、ほんとに私は書きません」

「書かん?」

「はい、書きません」

「そんなら誰が書いたんじゃ? 言ってみい」

「それは知りません」

「それ見い、自分で書いたから、誰が書いたか分らんのじゃろう?」

「でも、ほんとうに知らんのです」

「何? あっさりと白状してしもうたら、どうじゃ。——そしたら、すぐ家へ帰してやるんじゃが」

取調べは既に小半時間も続いていた。まだ年の若い土井先生は、はじめは彼の強情にひどく憤慨して、額に青筋さえたてて自白を強要した。が、だんだんと草臥《くたび》れてきて、面倒くさくなって来たらしい。

「じゃ、まあそこへ立ってもう一度よう考えとれ。——早う家へ帰りたけりゃ、早うあっさりと白状するがええ」

と、教卓に向って成績物をしらべはじめた。

岩助は何もかも腑に落ちないことばかりであった。今朝の朝会で自分が顔を赧《あか》くしたことが、落書の嫌疑を受けるに至ろうとは夢にも思わなかった。もともと先生は寺の土塀にどんなことが書かれたのかも知らないに違いない。もしも、本当にその落書の真相を知ったら、直ぐに先生も合点が行くであろうのに。

岩助はじれったかった。しかし先生がもしあの落書を見て、その真相を知ったら、と思うと彼は余計にたまらなくなって来た。セイと自分のあのことだけは、先生には知られたくない。どんなことがあっても知られたくない。

その時、

「どうじゃ、高木、まだ家へ帰りとうないのかえ」

土井先生が俯向いたまま先程とうって変ってやさしい態度で問いかけた。今まで忘れていた今日のうけとりのことが、ふと彼の胸にうかんで来た。

「早う帰りたいです」彼ははっきりと答えた。

「帰りたいじゃろう？　なら、正直に言うたら、すぐすむことじゃ。別に叱りもどうもせん。今後気をつけさえすりゃええことじゃ」

「…………」

「お前ひとりかどうかは知らんが、やっぱしお前も書くのは書いたんじゃろう?」

先生の口もとには微笑さえこぼれていた。

「はい」

と、岩助ははっきり答えた。答えてはっとした。が、もう遅かった。先生は仕事の手をやめて、つと立上った。口もとの微笑はさっと消えて、目じりが蟀谷《こめかみ》につり上っていた。

「図太い野郎!」

鋭い罵声が彼の身体いっぱいにおそいかかって、大きな掌がぴしゃりと頬ぺたを打ちつけた。

岩助はふらふらとよろめきながら、

「すみません」

「どうも、すみません」

と繰返しながら、ぺこぺこと頭を下げていた。

ようやくのことで帰宅を許された岩助は、平常より一時間半も遅くなって家にかえった。太陽がよほど西に傾いていた。彼は木小屋にはいると竹籠と熊手をとって、急いで山行きの用意にとりかかった。

寺道の坂をのぼりながら、彼の足は重かった。今日一日に受けた屈辱について、考えるともなく考えていた彼はその日一日に、面汚しという言葉を何十回きかされたか分らない。土井先生の結論もそうであった。お前のようなもののいることは、我が学級の面汚しである。かかる不名誉の行為は今後絶対につつしんで貰いたい。が、まだ十分得心のゆかぬ彼は思わず唇をかみしめた。

「罪のないものを残して擲《なぐ》ったりしやがって。今日のうけとりは済むかどうかも分りゃせん。もしすまなんだら、今夜は夕飯も食わして貰やせん」

そう思うと、やり場のない忿怒が、岩助の五体をはげしく逆流した。

それにしても、一体どうしたらよいのか。夢中に歩いて彼は寺の裏まで来ていた。寺の土塀の白壁に、彼と彼女によって消された落書が、条痕となって残っていた。その上に、西日が淡い光を投げていた。

それを見ると岩助はわけもなく淋しさをひしひしと覚えた。首筋を赧く染めて、俯《うつ》向き勝ちに皆の視線を浴びながら立っているセイの後姿が彼の瞼にうかんだ。

彼は立止って、何かないかとあたりを捜した。道のほとりに、誰が焚いたのか、焚火の跡が黒く残っていた。

岩助は無意識にあたりを見廻した。誰も人影はなかった。彼はいきなり粗朶《そだ》の燃え残りを掴んで土塀の下につっ立った。何か書きたくて仕方がない衝動を覚えたのである。彼は、まず、

大バカ

バカヤロー

と大書した。そしてその隣に図太く、

土井安太ノ
バカヤロー
と書き加えた。
しかし、これだけでは彼の腹立ちは納まらなかった。一瞬、何か素晴らしいことはないかと考えた。
彼はふと土井先生とこの春新しく赴任して来たばかりの若い女教師とが、いつであったか唱歌室のオルガンの影でひそひそと話をしていたのを思い起した。彼は右の拳をぐっとさし上げた。
土井安太ト
山川タネ子
ショウカシツ　ノ　スミデ
…………シタ
と一際《ひときわ》筆勢あらく書きなぐり、そのほとりにその図画を描き添えて、更に棕櫚《しゆろ》の毛のような荒い線を数十本放射した。
それだけ書くと、幾らか胸がすっとして来たように思われた。彼は手に残った粗朶炭を叢《くさむら》の中に投げ棄てて、もう一度あたりを見廻した。やはり誰の姿も見えなかった。
岩助は地べたに置いていたうけとりの竹籠を手につかむと、一目散に——まるで一疋《ぴき》の野猪のように松林の中に駆け上って行った。

〔昭和8（1933）年5月「海豹」初出〕

# 子におくる手紙

お手紙にて勤務先の東京市××小学校馘首《かくしゅ》されし由、わかった。折角職業として得た教師を、傍系の故を以て師範学校新卒業生配置のため犠牲に上され候由、わかった。而《しこう》してそなたはこのまま東京にふみとどまり、更に就職戦線に邁進なさる由、承知した。〇〇大学の夜学の方は如何になさるるや、如何になさるるとも異議はない。好学の子供に中学卒業以来、勉学を許すことの出来なかったのは親として悲しくてならぬ。このような親を持ったのを不幸として観念して貰いたい。親の自分の方が余計につらいのである。転禍為福、自重に自重を重ね専心努力なされたし。

こんなことはまだ詳しくは知らしておらぬが、この十年間家計は年々欠損となり、今はそれを癒さんがため専心稼いどるのであって、そなたに家を継いで貰うまでには、出来得る限り家運を挽回させたいと努力しておるのである。

家の一ヵ年の収入は米の食い残りが十五、六俵あるばかりである。これを金にして役場への納税に抜かれると、残りは四、五十円しかないのである。その他の活計費はわれわれの腕で稼ぎ出さねばならぬのである。親の病養費、葬式費、旱魃《かんばつ》損害、それに前年までの負債を積って家計がどうなっとるかは、長男のそなたにさえ知らせたくないから今は言わぬ。が、先年死んだ両親の石塔がいまだにこしらえられないでおることを告げておく。

わしが今死んだら此の家は覆滅《ふくめつ》するのである。桃代（注・女学校三年生）の入費の上に、今年は三郎も中学に入ったので、この二人にかかる費用だけでも並大抵ではない。負債が胸につまっとるわしを助けてくれと頼むばかりである。銭を送ってくれと言うのではない。これ以上わしに心労をさして呉れるな。志を立てて一度郷関を出た以上、そなたはそなたで自活してくれ。

四月九日

お手紙拝見。○○大学の夜学の件についての御相談、丁度新学期が始まった時で、そなたも学校への愛着心に迫られ、思い切る切らぬに変な気持を抑えきれぬであろうと察して可哀そうでならぬ。けれども授業料その他学費に要するものだけの送金を頼むとの希望に添うことは、残念ながらどうしても出来ぬ。前にも書いた如く家計は今年は盛覆の分岐点にあることを今一度はっきりと通知する。どうかこれ以上わしの心を乱してくれるな。

ただしわしは去就について命令はせぬ。が、わしの気分としてはこの学校を去ることを惜しいとは思わぬ。この哲学科の如何なるものかはよくは知らぬけれども、何となく好かぬのであって、たとい卒業しても卒業生の大半は遊民になってしまうように透視する。青少年は皆大なる空想に駆られ生意気に流れ易いものであるが、実地にやって出来るものではない。余程頭脳の卓越したもので、信念の堅く思想の固きものでなくてはこの科はいけぬ。工芸学校、薬学校、徒弟学校、写真術学校の如きものなら卒業してすぐに生活の資格条件を具《そな》え得らるるものであるが、そなたはそんな学校は俗物の入る卑しき学校であると解しておるかも知れぬ。そうだとすると、そこがそなたの実世間を遠ざかって空想に走った考えであることを、よく考慮して悟って貰いたい。教員を首になった原因も別に種々の事情はあったにせよ、かかる実世間にうときそなたの空想に源を発しとるように忖度されてならぬが如何にや。わしの意見は以上の如し。

四月二十日

今日お手紙着。状況稍《やや》分明。どうしたろうかと案じとったが、元の同僚の世話で家庭教師の口があったとは好都合であった。中学の一年と尋常五年と言えば相当やり難く、誤りを教うるの不体裁を生ずるようなことも免れぬであろうが、人間は何より誠直を貴ぶべきもの、何によらずこの心がけ固く誡《いまし》められ度く候。

大学の方は休学にしておきたいとの由、異議なし。折角やり始めたことなれば別によき勤め口でも見つかったら続けて見たしと言う考えも尤《もつと》もなり。要はただその人の心掛けひとつに候。

桃代と三郎の授業料、やっと調達できて一昨日納めさせた。三郎今日はそなたの着古しの柔道着を担って登校す。何だかへんなれど本人は大真面目なり。大分学校にも自転車通学にも馴れたらしく、四郎（注・尋常四年）と共に姉弟三人が毎朝機嫌よく家を出るにつけても、そなたのことが思い浮びてならず候。

当地桃の花は既に散り果て、梨の花の遅いのが点々と白く残っとるだけ、季節の推移の早いのには驚くばかりに候。

四月二十六日

五月となれり。五月という月は時候のかわり目で、夜が短くなり自然夜更かしに流れ易く、身体の虚弱なものは大いに注意せねばならぬ時、宵に早く就寝し睡眠不足にならぬよう用心なされ度し。妻は今朝早くオタツ小母さん同伴一泊がけにて神島へ参れり。そなたが二つか三つの年に背負って参詣して以来久し振りの参詣なれば珍しく、且つ此の頃の漁期賑やかな内海の光景に接してはお大師さまのお蔭もあるに相違ない。東京の改作もマメで良い勤め口が見つかるよう拝んで来てやると言っとった。その留守に今日は日曜のこととて、三郎四郎にも手伝わせて池の尻の道通りの田の雑草を除いて西瓜《すいか》の種を三疇《うね》下ろした。それが終ってから三郎四郎は二人だけで開墾畠へも何株か蒔いた由、これは絶対二人だけで丹誠するのだとの由、兄さんが休暇にもどったらどっさり食わせて上げると力んどった。そなたにはまだ夏休みがあるように考えとるのであろう。御奮励のほど祈り上げ候。

五月一日夜

今日そなたに手紙差出した後へ、そなたの元の勤務先の校長さんより書信来り候。これは過日挨拶かたがた問い合せおき候そなたの勤惰についての御返事に候。

ああそなたの動作は実に呆れ果て候。これにてはもっと早く首にならざりしがむしろ不思議に候。欠勤遅刻早退を屁とも思わず、大切なる人様の子供を預りながら教室にては十分なる授業をなさず、職員室にありてはろくろく事務も執らず、他の教師に良からぬ影響を及ぼし居りし由、まことに呆れ果て候。文学思想書を常に繙《ひもと》き居り、注意しても一向手応えなく困りおりしとのこと、まことに寔《まこと》に呆れ果て候。文学思想書などは教育研究の余暇に見るべき性質のものなることがわからざりしにや。それ位のことすらわからざりしにや。わしがこれまで屢々《しばしば》与えし忠言をよくも馬耳東風に聞き流し、よくずるけなされしものと残念に御座候。親の言を聴かず、上司の命に従わず、自身はずるけての苦しみもあるべし。

殊に下らぬ同志と共に文芸雑誌など発行いたし、教師としてあるまじき文章など綴り、当局より注意さえお受けなされしとは言語道断に候。己れを知らざるの甚だしきものなり。文芸など言うものは天才に待つべきもの、天才ならぬ限り駄目なものなり。そなたの如き凡才の寄るべき道に非ず。

そなたは何故にかかる不心得の動作をなされしにや。定めし根本に於て学問の何たるか職業の何たるかを未だ理解せざるが為ならん。その根本精神が間違うてしまっとるためならん。そなたは自身では分るまいけれども精神修業が足らぬために不良児になりたるなり。嘉言善行を誌したる書籍、修養書、偉人賢人伝など精神を鍛錬すべき書物をお読みなされたし。そうすると自身の鍛錬不足なりしことがよく分り来るものなり。而して悔悟すべし。悔悟したら行為を善良に改むべし。改悛ということより外にそなたの身にとり医療の方法はこれなく候。

五月二日

五月四日付の移転通知の端書及び五日付のお手紙共に昨日着、嬉しく読めり。但しこの位の程度にてはわしは満足することは出来ぬ。が、そう一度に悟り得るものでもあるまい。とは言えひとたび職業を失いて初めて生活の何たるかに気づくようでは実際に於ては非常に遅いのである。わしは今更そなたの過去を咎《とが》めはせぬが、さぼりにさぼりついに職業を失いしそなたは、さぼること自身の心理を探りてその禍根を去らねばならぬ。自らの非をよく省みて、幸いにして気がついたら同じことを繰返してくれるな。もう五、六年したら覚めるなと言っても覚めるに違いないが、それでは遅いから今覚めてくれねばならぬ。

大学の方は退学にしてしまったとは大賛成。かかる遊民学を修めるのがそなたにはいけなかったのだ。これまでしっかりやれと勧めもしたが、自分の業務すらしっかりやり得なかったのは学科が悪かったためであろう。そなたがここを去っても意気地がないとは言わぬ。慢然たる考えを以てのっぴきならず去るのでなく、悟って去るのなら意気地がないとは言わぬ。

某々新聞社を希望して外れたとの由、それはむしろ幸いであった。三流新聞の記者の如き下らぬ職業は、よし金儲けの途であるにしても賛成致し兼ねる。正業でなければいけぬ。そなたは昨の非を改めて折角やり初めた教師という馴れた業を続けて見る気はないのか。性根を入れかえて前の校長さんの所にでも頭を下げて何処か自分に適当な所があったら宜敷《よろし》くたのみますと願って見る気はないのか。もちろん小学教師をするのに東京でやる要はない、パリへ行く要もない、ロンドンへ行く要もない、郷里でやって貰うに越したことはないけれども、そなたは東京に於て折角資格を得、東京に於て教師として出発したのである。三年間も勤めたのである。つづいて行けば恩給年限に通算される楽しみもあるではないか。資格までとり上げられたのではあるまい。恩給というものだとて侮るな。そなたはまだそんなものをねらうようでは駄目だと思うであろうが、十五年や二十年は瞬く間に過ぎて去る。後にはどんな空想家でも他人の僅かな恩給さえ羨ましくてならぬようになる。兎よりも亀は亀としての平凡なる道を辿ることをむしろ光栄とすべきではないか。

今度の移転先は素人屋なりや、同宿人ありや、知りたきものなり。三畳の部屋にては窮屈であろうが、この際辛抱なされたし。持ち運びのなるものなら我が家の離れにても送ってやりたいものであるが、そうもならず。

五月八日

昨日父と母と二郎と三人の法事をした。法事と言っても少しばかり餅を搗《つ》いてお寺参りをしただけのこと、農村は不景気のため法事まで簡単にやらねばならぬようになってしまったのである。

今朝小包便で餅を少し送っておいた。暑さに向ったので餅の味わいはないが、珍しかろうし且つ亡き人を思い出す資料として貰いたい。二郎は兄さん兄さんと敬語を使って、よくそなたと睦まじくしたものだった。死んだのは螢のとびそめる五月十七日であったから、この頃はよくその死んだことが追憶されてならぬ頃である。どうかすると二郎も仲のよかった兄さんのおる東京に行って、兄さんと睦まじく螢籠をのぞいとるように思われてならぬ。二郎は改作よりも情は劣っていたが理には長《た》けとった。兄改作は理に貧なること弟よりはるかに劣っていたが今尚然《しか》りである。大いに戒飭《かいちょく》せねばいけぬ。

そなたの小学の同級生桑田大助君は福山で自己の商売を始めた由、先日わしにも通知が来とった。醬油や酒の販売なのであろう。これまで酒醬油店の丁稚《でっち》となりて販売に出つつあったのを、俄かにその店をやめて独立し、而して昨日までの得意先を自身で占領してしまう計画の由、所謂反旗を飜したのであるが、かかる悖徳《はいとく》が商人間では平然と行われとるのであって、決して珍しいことではない。昔時もそうであった。今もこうである。小資本の天秤棒を担い歩く小商人どものやり方も、都会の大商店、堂々たる大会社、大資本家のやり方も、皆この桑田大助君を以て典型としたやり方なのである。佐藤達君は大阪の夜店でバナナ売りか絵葉書売りか、何でもそんなことをやっとる由。森田佐助君は朝鮮も思わしくなくて帰って来て、今頻《しき》りに上方方面へ進出口を探しとるが、どうもよい所が見つからぬ由。

当地苗代の籾《もみ》はもう芽を萠《きざ》し、麦の穂が熟れ色を見せて野良は今忙しくなる光景を呈しとる。そなたも達者で努力なされたし。

五月十六日

お葉書拝見。風邪に罹りおりしが全快との報安意せり。

さて、其の後就職の方思わしく行かぬにや。不景気で首切の大流行の節なればいとど就職難のことと解せられる。今日の△△新聞の案内欄を見ると、学生育芳舎というのが苦学生募集をやっとるが、こんなのは多分貧書生を惑わして食い物にする不徳漢であるように察しられる。貧書生の膏血をしぼるものであろう。

東京市役所に山田信吉と言うわしの知人あり。求職上この人に頼んで見ては如何かと思う。先日出さねばならぬ書面ありて、そなたのことも一寸《ちょっと》書き添えておいたら今日返事が来た。一節を封入す。本郡吉田村の人なれば、同郷の先輩として敬意を表するためにも一度訪問して見られたし。月給取で生計に余裕のある人ではないが、俠気ある男なれば頼りになる性格の人。役所では相当の地位を占めとる人。何かの厚意を以て接して下さる筈。一度行って見てどうこう何を頼むと言う程話をすすめるにも及ばず。こう言う風で失業しとりますから向後の御指導を願いますと挨拶すれば、それで山田さんに若《も》し思わしきことでもあればお世話下さろうし、なければそれまでのこと、又時々お伺いしますと引上げてよからん。学校に限らずどんなよい手蔓が生れるかも知れず。

世間は何時の間にかどちら向いても夏になってしまい、家では今二晩ほど蚊が出たので蚊帳つれり。今年は蚊の出ること後れたり。麦の熟れることも後れてまだ刈れるものなし。われわれ夫婦は開墾畑の果樹園を改作のため先日来着手しとるが、今年は費用をいれるだけで明年より実収を得たく期待せり。

五月二十七日

お葉書ありがとう。六月になって麦の青刈りが始まったが、昔ほどの活気はない。あちらこちらに刈っとるだけ。麦稈真田《ばっかんさなだ》(2)が安いからだ。養蚕が最多忙の真盛りとなり、今日あたりは刈桑をかつぎ東へ西へ急ぎ足に往復しとるのが多い。昨年の繭が未曾有の安価だと泣言だらけだったが、今年は一層安いので養蚕家は落胆しとる。養鶏はこの頃利益もなく損失もない。牛や豚は飼うても損だ。

農村行詰りは何処も同じことだが、我が村は農村としては奢侈《しゃし》が過ぎとっただけに他村よりか窮乏の度が深くなり、信用組合が瀕死の状態に陥り、守本さんの如きでさえ借銭が多いからこの頃は幾千円かの催促を受けて困っておられる。そのほか信用組合で借銭しとる者は、この頃一斉に催促を受けて村内に恥をさらされとる。それは実に気の毒なものだ。うちには幸いにして信用組合から借りとった分はほんとに幸いに返しとったから村中へ恥を曝さずにすんだ。守本さんは先日息子の三高生を退学させようかと思案しとると話されたから、そんなことはなさらずと御辛抱なさいと申しておいたが、どうせ大学への見込みはなかろう。河本富雄さんもへこたれとる。親父さんが病気になり一カ月ほど寝込んどる。全快するかせぬか分らないような病状だそうだ。それにやはり信用組合から二千何百円の借金返済を催促されとるが、財産全部を処分しても借金を返すことは出来ぬそうだからこれも気の毒なものだ。その外あそこでも此処《ここ》でも似たりよったりの話が飛び火のように起きとる。

今年の麦は普通作であった。田植がはじまるのはもう十日後。いよいよ梅雨に入って蒲柳《ほりゅう》の質のものにはいけぬ季節となる。御大事になされたし。

六月八日

御無沙汰候。当方打揃って健全に過し居り候。今年は風雨も先ず順調にて田植も無事にすみ、百姓は今から豊作の夢を見てたのしんどるが、一喜一憂は免れず、豆粕綿実粕の値段が無茶苦茶に釣り上り、これにはみなみな眉を顰《ひそ》め居り候。

そなたはその後如何にお暮しなされおり候や。長らく霖雨《りんう》が降りつづいたので家庭教授に通うのに行路が困難であったろうと察せられ候。

伊佐の叔母のところの甚五郎は昨春商業卒業後直ぐに大阪の住友銀行に入ったが、不幸病に冒され帰郷して呻吟いたし居り候。病名は肋膜に腹膜を併発、年歯頃合いが悪いから経過は不良の見込み、見舞状を差出しおかれたく候。

七月五日

暑くなった。達者でお過しか。当方一同無事。此の頃子供たち揃って休暇となり毎日賑やかになっとる。みんな毎日麦稈真田くみで面白くやっとる。御飯ごしらえ、お茶沸し、夕飯も風呂焚きも皆子供の任務としとるので大助かり、われわれ共は野良を熱心にやっとる。

梅雨の頃長く雨天つづきで、田畠に草が近年になく仰山生えて、その芟除《せんじょ》に困っとる。かわらけ田の草退治に五日かかった。井戸の畠で四日かかり、先井戸の畠で三日を費やした。以上の田と畠とはすんだが開墾畠や井戸の田はこれから草削りせねばならぬ。よくよく繁茂したものだと馬鹿げた限りである。草のため折角の施肥を吸いとられたので大打撃をうけとる。雨は今二十日ばかり降らぬが、池には水があるので稲田の方は旱魃のおそれはない。

さてその後就職の方は如何にや。山田さんを役所に訪ねた模様読んだ。前の校長さんの所へは挨拶に行ったにや、行かぬにや。何処でも人減らしにかかっとる時節なれば、就職難の深刻さは想像以上にちがいない。わしはわしの過去に遭遇したその時その時の困苦を顧みて、今こそなたの苦難をよく察しる。堅忍不抜の精神を要するのは此の時である。決して狼狽してはならぬ。心がすさんではならぬ。人を羨んではならぬ。天を怨んではならぬ。

八月四日

昨日午後三時前に電信着せり。

カネ三〇スグタノムイサイフミ

とあるので誤字なきことも分り、送金依頼なること承知せり。昨夜心あたりの所に行きて見たれども、借りることが出来ざりき。まだ外に若しあるかも知れぬと思うところあれば行きて見るべし。出来次第に送るつもりなれども、出来ねば遅延すべし。送金せよと言えば直ちに送金したきものなり。今ないから仕方なくこんな不快な様子を言うも是非なし。

不景気は甚だしいのである。まだまだ不景気になるべし。今年当地方の百姓は金がさっぱり取れぬので、現金のある家は滅多になし。うちでも旧盆節季近づき支払いに窮し、どうして金策しようかと既に懊悩は絶望に近きものあり。今かりに幾十円の金をくれるものありとして、それを喜ぶの程度は恐らくそなたよりわしの方が深からん。今夜か明朝又様子を言うが、右の旨ちょっと通知しておく。

八月十五日朝

昨日もちょっと様子を言っておいたが、昨夜心あたりの先へ行って見たけれど出来なんだので、遺憾ながらその旨通知する。出来次第送るべし。

当地百姓で生計の立行くものは滅多にない。一日一日旧盆節季は近づくが、今年は盆勘定など貸し手の方では請求をゆるめぬ年である。それは支払ってもらうべき金は支払ってもらわねば、自身の身がたまらぬからそうなるのである。金融のつまったこと、先年の旱魃時分の比ではなく、非常な逼迫を呈しとる。農産物は凡て豊産であっても、肥料代は高く売価が無茶に安いので収支が持てなくなってしまった。我が村の駅から出す桃の値段だけでも前年にくらべると一万円からの減収である。果樹作りの成功者なる山崎順一氏の家でさえも今年は百円しか利益がなく、活計費千円を要するとせば九百円の不足となった由。普通の果樹栽培家は言わずも更なり。稲作はまだ分らぬが米が出来る時分には米価は下げて、百姓は今年も米価高の空声を聞いただけで終るだろう。

中女学生が一人いたらその家は今年や昨年、学費を余裕でこさえとる百姓は我が村あたりでは一軒もない。農村の疲弊、農家の経済難はその絶頂に達しとる。うちでも桃代と三郎に中等教育を受ける資金を切り出すつもりで、わし共は奮励しとったがそれも遂に水泡に帰してしまった。今では一人分さえ支持する見込みはなくなった。けれどもこれはどうにかして継続せしめたいので、全身を投じて粉骨砕身やって見る。やって見てそれでも駄目なら学校をさがらせねばならぬ。そなたもお金は出来るまで待たれたし。

八月十六日

お手紙二通見た。病気受診の由、電信をうった理由も判明、切に御用心なされたく候。肺尖カタルなれば罹《かか》り易きものなり。夜更かしをしても悪いと思わぬような人間、朝寝をしても恥と解せざる人間、不摂生なる人間、しかも東京の如き不健康地にあるそなたなれば此の病には冒され易きものならんと解せらる。全快せんと欲せば摂生を重んずべきものなり。注意なされたし。

帰りて土いじりして見たき心地ある由なれども、そなたが百姓をしたのでは食うことが出来ぬ。着ること一つさえ出来ぬ。当方にてはこの頃となりてそなたの帰ることは拒絶したし。そなたの帰ることは第一他の子供たちのために非常なる悪感化を及ぼす。
一、ろくな勉強をせざること
二、仕事をせざること
三、朝寝夜更かしをすること
四、その他
そなた以外のうちの子供には勤勉の徳を養成せしむるつもりなり。この頃三郎は佐兵衛君かたの養蚕の手伝いに行っとる。桃代は台所洗濯をし真田を編んどる。四郎も遊んだ間には真田を編んどる。それぞれ一日を働いて夕食後一時間ほど皆縁側に集まって、面白く話して一日の労を忘れるのが、わしのせめてものこの頃の慰安である。そなたのことを思うときは苦痛に堪えぬ。

中学の頃より生意気にて用使い一つさえ怠りたるそなた、無断で東京へ奔《はし》ったそなた、折角得た教師という職を守りとおさなかったそなた、そなたのために親はどれだけ泣いとるか知れぬ。そなたのような我儘ものはそう多くおりはせぬ。これまで親から行った手紙は読んでいたのかいなかったのか。親は何処までも子供可愛さのあまり何とか胸を苦しめて来たが、今そなた一人のために我が家は一段と面白からぬことになるのが心外千万である。

この手紙を読んで例の如くよく分ったなどと言うてくれるな。これ位のことで分るようなそなたではない。

八月二十一日

昨夕、石田真助君より使いのものが手紙を持って来た。手紙の要領は、

「東京で克二の所へ改作さんが米代とか薬代とかを度々言ってくるので、克二も迷惑しとるし、改作さんへ送金してやったらどうか」

右の如くである。これで事情が分明して来た。克二君は矢張りコックをしとるのか、それとも自分で店を経営しとるのか。本来から言えばこうした経過はそなたから言うて来べきであるけれども、何事も親に打ち明かさぬそなたの遣《や》り方は、善きにつけても悪しきにつけてもこんなことが多いのだ。然し今送金したいけれども金を借りる道がつかぬから、そなたには気の毒であるが今送金することは出来ぬ。

我が家は今破産するかせぬかの分岐点にあるからとは既に何回となく言いやってある筈だ。

今年はわしに苦悶させてくれるなと頼んどる筈だ。もう新学期もはじまるが、桃代三郎の前途をどうしようかと、真実所在なさに困惑しとるのだ。多くの家族の諸入費は嵩《かさ》んで来るのに、皆一つ財布からの責任となるのだ。そなた一人を異郷の空に苦しめるのは忍びぬが、わしの苦痛もそなたの苦痛に劣らぬのであるから我慢してくれ。

この家の裏の屋根がいたんで、雨が降れば何カ所も大漏りがして屋根板が腐朽して行くので、一日も早くふき替えねばならぬのであるけれども、金がなくてふきかえられぬ。土蔵のひさしもそうである。

八月二十三日

昨日の続きを書く。今日はこれから畠の草を削り終る予定である。今年の除草の六カ敷《むつかし》きことは先便で知らした通り。今年の開墾畠は収入皆無で投資のみなしたることも過ぐる日知らせた通り。今日はその無収入なる開墾畠の除草を一応すます予定である。先日から毎日この畠の除草をしとる。日盛り十二時の汽車が通る前に、四郎が土瓶に冷水を汲んで持って来てくれる。その水のうまいこと限りなく、夫婦して土瓶一杯をみんなあけてしまうのだ。四郎御苦労とか有難うとかいう言葉がひとりでに出る。余所《よそ》の子は水一杯も持って来てくれるものではない。我が子なればとありがたく思うのである。今書いとるこの手紙も四郎が局まで行ってくれるのだ。近頃自転車に乗れるようになったのを楽しみに、汗を流して行ってくれるのだ。手紙の中には何が書いてあるかも知らずに持って行くのだ。自転車は借金して買っとる火の車だとも知らずに行くのである。

子供は皆可愛い、四郎も可愛い、三郎も可愛い、桃代も可愛い、改作も可愛い。五指の中で何れも可愛からぬ指はない。可愛いことは同じである。差異はないけれども改作は最早や大人になっとるのだから、わしの言うことを聴き分けてくれねばならぬ。そこで言うがそなたは当分の間家政整理の見込みのつく間、たのむからわしの物質庇護から排せねばならぬ。定めし困惑するであろうが、あきらめて容認してくれ。

克二君に借りとる金は猶予を頼むようになさい。事を分けて今払えぬから延ばしてくれと頼めば、誰でも不承知でも仕方なく猶予してくれるものである。こんな時に借方の方は一時の出まかせを言ったりするものであるが、それは甚だよくない。揖《ゆう》を厚うして頼むに限る。そなたもそれを頼むのはつらかろうが辛抱してくれ。

人間には順境と逆境とがある。明暗は必ず連なっとる。夜の次には来るなと言っても昼が来る。自暴を起してくれるな。わしも自暴は起さぬ。家のため子供のため稼ぐ一方で進む。わしの方が先に光明界に出たら直ぐそなたを助けるから、そなたの方が先に明所へ出たらわしを助けてくれ。

八月二十四日早朝

くわしく病状などしるしたる二十三日付の手紙昨夕到着。病気は七度五分の熱位のことで悲観するな。肺尖は精神療法で必ずなおる。飯は腹一杯食べなくてはいけぬ。今朝の一番列車にて、汽車便を以て米一斗とそれに金五円を入れたものを発送した。とりあえずこれで急場をしのいでおられたし。外によいものが見つかったら後から送る。

山田さんの宅へ参りしこと、今回の手紙ではじめて知れり。当り前ならばその時夙《はや》く報告し来る訳のものなり。それをしないのはそなたが既に荒怠の念深く浸入せることの証拠なり。山田さんの自宅へ行ったらどうであったか、それから行かぬのは何故であるか、聞きたけれども今更聞かんとも思わず。山田さんはわしには何とも言って来ぬ。長い髪でもして行ったのではないか。よくよく見縊《くび》られたと解せらるるがどうじゃ。今回の手紙を見ても、そなたが美しき人間の本性に立返ってくれる日はまだ遠きを知る。そなたは病気病気とたまらぬように言って帰郷を乞うて来るが、病気などはわしにはそれ程問題ではない。そなたの病気は心に深く入っとるのをどうするつもりであるか、その方はつらくはないのか。わしはそれがつらいのじゃ。その腑甲斐なき子の顔を目の前に見るのがつらいのじゃ。嗚呼、心外なることなり。

今朝発送した米の中へ入れた五円の金の説明をしとく。桃代が昨冬腿部の腫物を除くため山本先生で手術をしてもらったが、旧節季には薬礼が出来なんだ。桃代がお礼が済んでおらぬと言ってつらがっとるのを聞く親の方が余計につらかった。桃代は夏休みになって一生懸命麦稈真田を編んで四円余り儲けたので、少しばかりのこととてわしの方でもやっと昨日工面をつけて合計十円をつくった。明日は旧の七夕祭、小学校では女子同窓会があるしよい序《つい》でだから、お礼に先生へ寄ると言って喜んで就寝したのであった。その金の中の五円であったのじゃ。夜の二時に夫婦してこっそり音響をたてぬように起き出て、米を出したり袋をさがしたり、提灯を廻したり蚊を追ったりしつつ、土蔵の口で荷造りをしたのであった。それがすんで荷札を書いたりしとったら、空が白んで三郎四郎が一番に起きて七夕様の短冊を川へ流しに行った。つづいて桃代も起きて来た。お礼は延ばせと言ったら従順にきいてくれた。わけは知らさない。

わしは昨夜一睡もしなかった。十時頃蚊帳へはいったがどうしても寝られぬ。あれほどに頼んで来とる改作へ送ってやる金がないが、桃代の薬礼を取欠いたものかどうしたものかと思案し、種々の念慮が湧いて来、遂に二時まで輾転して睡られぬので起き出たのであった。五円の金は少ないが情のこもっとるのを酌みとってくれ。

盆払いは一切停止。無より有は生じない。病より貧がつらいと言い伝えてあるが、そなたには今貧と病との二つを味わしめとる。気の毒じゃと知っとる。知っとるがどうにもならぬ。待てば海路の日和ということもある。決して絶望してくれるな。わしとそなたの二人だけがこの辛酸を味わっとるのではない。世にはまだ幾層倍せる実劇が演じられておるぞ。

八月二十六日

二十七日お認めの手紙、今日午前十一時頃到着した。この手紙を読んで見ると、そなたもまだこれから醒める時には、おくれたりとは言え人間になれるかも知れぬと幾許《いくばく》か安心がもてる。そなたの手紙が来た後へ、金を十円足らず持って来たものがある。有合せの金と合わせて、十円だけ持たして三郎に局へ行ってもらうことにした。その時時計を見ると、局の時間はあと十分ほどになっとるのであった。三郎は自転車を疾風の如く走らせた。わしはそなたに十円送れる嬉しさにじっとして居られず、直ぐかわらけ田から先井戸の畠を見廻りに出た。暑くて誰も野良におるものはない。仕事着の汗が洗濯して盥《たらい》から上げたばかりのようになった。野良から帰って水を浴びてこれを書いとる。

友人に金を借りて病院に行った様子、くわしくよく知らせてくれた。こういうことはこういう風に報告してくれると嬉しい。病気は気にするな。博士がみた診断だとて百中とは限らぬ。肺尖に医者や薬は無効だ。それより滋養物がよい。滋養物とは自身で食ってうまいもののことをいう。これは滋養になると自分で信じて食ったら、それが滋養になる。矢張り精神だ。医者を信ずるなというのではないが、何より自分で病気を重くしてはならぬ。心を以て治癒するのが一等である。体温計などぶち折ってしまえ。そんな器具と相談しとるようでは肺尖はなおらぬ。何より気を丈夫にしてくれ。気を丈夫にせぬ以上、そなたの謂《い》う空気のよい田舎へ帰ったとてなおる筈はない。

さて、わしはそなたがいくら帰郷を頼んで来たとて、健康にして家にかえることは仮令《かりに》天地に誓約するとも許さざるべし。けれども病はかばかしからざる時は帰って来られたし。但しそなたが病気となりて帰るよりも、そなたの心の病気の方がわしにとってはつらいのであるから、先ず其の心の病をなおして、それから帰って来られたし。

家に帰るについては次のことを頼む。そなたには向後一切の読書をやめて貰わねばならぬ。職務につきての書籍、修養書だけは許す。それ以外の書見は一切まかりならぬ。理由は説明せぬが、お前が馬鹿者になったのは下らぬ読書によるわざわいであることを十分反省してくれ。但し、わしは盲従せよと言うのではない。よくよく反省の上そなたの心情を偽りなくさらけ出した明晳な返事をしてくれ。

八月三十日

暫く手紙が書けなんだ。お盆が過ぎるとすぐ、伊佐の甚五郎が可哀そうにとうとう死んでしまった。その葬式の忙しさやらそなたのことの心配やらで、心身共に疲れ神経が阿呆になっとったのだ。が先日来そなたから来た幾通かの手紙を読むと、そなたにもまだ人間の情が残っとるようで嬉しい。病気がその性情をよみがえらしたのであろう。

克二君には金をいくら借りとるのか。これは早く返したい。その額を知らしてくれ。今急に都合はつかぬけれど、何をさしおいても克二君へは返金したいものである。わしの義理は欠いでもそなたの義理は早く果させたい。改作君に金を貸したと守本の大きい方の息子さんの所やまだ他へも通知して来とる由である。しかし改作君が事情をくわしく言って寄りつけば金は何ぼでも融通してやるのだけれど、何にも言わぬからどうしてやることも出来ぬなど豪語しとる由である。克二君の如き軽薄児は恐ろしい。けれども克二君に金を借りた恩は忘れてはならぬぞ。わしも克二君の恩は忘れぬ。

先日一日、村の用事で阿部山にのぼった。空気が非常によい。松の木の生え茂ったところ、昼間も鳴いておる虫、巧みに囀《さえず》っとる小鳥の声を聞くと、こんなところに住んどれば病気もなく長寿が出来ると思われた。麓の村に住んどっても、阿部山まで上ればそんな気がする。百姓が町人に比べて粗食でありながら、割合に達者でおられるのも、こんなところに秘密がひそんでいるのかも知れぬ。東京では健康上いけぬと思われた。そなたが帰りたい気持もよく分った。村の、家の、わしの、心のしん底が分ったら何時なりと帰って来い。

「胡馬は朔風に嘶《いなな》き、越鳥は南枝に巣《すく》う」

という。故郷を忘れぬ心は人間の美しい精神だ。過去は咎めぬ、未来を立派に生き得れば。その五体に人間としての性情をなみなみと湛えて帰って来い。

当地一昨日一雨あり。それから目立って涼しくなり、時候は一変して涼秋のよき季節となった。東京も涼しくなったろうと思う。旅費その他書余後便。

九月十二日

〔昭和8(1933)年9月「海豹」初出〕

# 一《ひと》昔《むかし》

春雨の降る晩、私は不要の書物を整理してしまおうと蜜柑箱の本箱をひっくりかえしていると、底の方からもう表紙のこわれた新潮社版の啄木全集が出て来た。それは私の十年以前の言わば愛読書の一つであるが、手にとってぱらぱらめくっていると、中から二つ折りになった紙片が落ちた。拡げて見ると、小学生用の綴方用紙に書いた綴方で、もう余程鉛筆の文字はうすれていたが、私は電燈の下にのぞけて、用紙を適当に動かしながら読んで見た。

赤とんぼ　　　　　　尋三　矢川真武

僕は昨日、出石《いずし》川の川原に行つて遊んでゐると、赤とんぼのつながつたのがとんで来ました。僕はいそいで帽子をとつて、おつかけました。とんぼははねがあるので、つかまりさうになると、すつと上へあがつてしまひました。それで僕が見てゐると、とんぼは又おりて来ました。こんどは僕はやけになつておつかけて、新橋の下のところで、やつとつながつたま、とつてしまひました。

私ははじめ、うすれた文字にばかりに気をとられて、却って気がつかなかったが、全文の各行には赤インキで圏点《けんてん》が一面につけられ、標題の上には大きく「甲上」とつけられてあった。しかも、赤インクの方は殆ど変色を見せていなかった。そしてその乱暴なほど威勢のいい筆蹟は、何のまがいもなく何年か前の私自身のものであった。

当時、中学を出たばかりの私は、山陰但馬《たじま》の出石という小さな城下町で小学教師をしていたのである。それは私の十九の年のことであったから、もう一昔も前のことだが、私は多忙にまぎれて忘れ勝ちでいたその頃のことをふりかえって見た。山と山とにかこまれた千軒ばかりの町はずれに建っている凹字形の古びた校舎と、大きな榊の木のある運動場で遊んでいる子供達が、はるか胸の彼方に思い出された。

私は煙草に火をつけて、その運動場の子供達の群れの中に矢川真武を捜した。が、どういうものか、この綴方の作者の容貌はなかなか現われて来ないのである。少しじれったくなった私は、いやに煙草を胸にすい込んで、空間に吹きかけた。するとひょっこり、下唇に黒いほくろのある丸顔の柔和な顔がうかんで来た。

「あ、あの子だ、あの子だ」と私は心の中で叫んだ。矢川真武などという本名のかわりに、ボクちゃんと言った方が私の記憶には早分りだったのである。それは誰のつけた渾名《あだな》であったかは覚えないが、子供達も皆そう呼んでいたし、自身でもそのつもりでいたから、教師の私も自然そう呼んでいた。幼い時に家庭でよびならした愛称でもあったろうか。

ボクちゃんは学科の勉強は上出来という方ではなかった。が、手工とか図画とかは級中で図抜けてうまかった。何時か郡の大展覧会があった時、ボクちゃんの出したクレイヨン画は、時の審査員（出石女学校の図画の教諭）に認められて一等の金紙が貼られたが、その絵を私は今でも思い出すことが出来る。それは「末本先生」と題して私を描いたもので、その毬栗《いがぐり》坊主、尖った口、怒っているような目、よく当時の私を描きあらわしていた。

が、このボクちゃん、一口に言えばお行儀がよくなかった。別にたいして悪戯をする訳ではなかったが、小学生としての規律が守れないのである。例えば、小学校では毎朝朝会というものがあって、尋常一年生から高等二年生までの生徒が校庭に並んで奉安庫に最敬礼をしたり、校長の訓話をきいたりする。そんな時、きちんと整列して横見をしたり無駄口をきいたりする生徒のいない級は、つまり教師の訓練が行き届いたことになり、成績がよいとされるのである。その筋の役人が視察に来た時でも、先ずその学校の朝会を見て学校の甲乙を判定してしまうのである。ところが、私の教えている級の朝会は甚だ以てよくなかったのである。

「こら、こら、三年生の男生の並び方は曲っておる。二年生よりも、一年生よりも下手だぞ」

毎日のように生徒は校長から叱られた。生徒が叱られるのは受持が叱られるも同然で、赤恥を天下にさらされているようなものである。時には直接校長から今一段と訓練に留意するように、忠告されたことも一再ならずあったが、なかなかそれは新米の教師の思うようになるものではない。第一、九つや十の子供を十分も十五分も兵隊のように不動の姿勢で整列させるなんて無理な注文だし、それを尤もらしくやらせておくには余程のからくりが必要なのだが、私はそれを知らなかった。私の受持の中から先ず私語が起ると、それは悪貨が良貨を駆逐する勢いで、つぎつぎに頭が動き列がみだれる、と言う工合である。と、間髪を容れず、

「誰だ？　ものを言っとるのは！　三年生の男生！」

と、校長の怒声が下るのであった。ところで、その私語や横見の源をつくるのは殆ど決ったようにボクちゃんなのであった。私は時にたまらなくなり、教師根性を出してよびつけて注意を与えると、ボクちゃんは悪びれもせずに答えるのであった。

「じゃちうて、校長さんの話は、毎日おなじことで、ちっとも面白うないんですもの」

それは私もとくと知っていることなので、そう言われればそれ以上叱りようはないのである。結局私は無垢爛漫のボクちゃんに負けてしまうのであった。そこを何とかうまく誤魔化すのを教育というのであろうが、それの出来ない初心な教師の下に、ボクちゃんを筆頭に私の受持の級は日に日に不良学級になって行った。それと同時に校長や同僚の目が私を侮蔑視するにつれ、私は益々不良の生徒が可愛くいじらしくなって行くのであった。生徒は生徒で私になついた。

それはそれとして、ボクちゃんには妙なところがあった。或る日、授業中に便所へ行きたいと言うので行って来いと言うと、早速とび出して行った。が、その時間の終業の鐘がなっても

なかなか帰って来ない。どうしたのかと思って気にしていると、次の時間になって平気な顔をして戻って来た。

「長い便所じゃのう!」と、私が言うと、

「………」ボクちゃんは黙ってうなずいた。

「ウンの方じゃったんか?」

「ううん」

「どこの便所へ行った?」

「うちへ帰《い》んでしましたんじゃがな」

「何で、学校のでせんのじゃ?」

「じゃちうて、学校のですりゃ、出んのですもの」

家から学校までは十丁ばかりもあったろうが、その後何回も、ボクちゃんはこの習慣を改めようとはしないのであった。

全くボクちゃんは途方がないのである。或る時、ボクちゃんたちが放課後二階の教室の掃除当番をしていると、何の拍子でか雑巾バケツがひっくりかえって、床の上に流れ出た。あわやと言う間もなく水は階下にこぼれ落ちた。階下は教員室であったので、しかも運悪く校長が書類をつくっている机の上がぽとぽと濡れてしまった。私情も加わって校長は早速自らボクちゃんを引っ張って来て怒鳴りつけた上、教員室の一隅に立たした。

ところが小一時間も経った頃、突然ボクちゃんは朗らかな声を出して叫んだ。

「まだ、帰んじゃいけないんですか？　校長さん」

「何？」

「僕、帰にたえ」

「帰にたいちうて、掃除をせんと剣舞をしたりしとった者は晩まで帰されん」

「じゃちうて、僕、知らん間にこぼれとったんですもの」

「知らん間にこぼれる筈はない。あばれとったんじゃろう」

「でも、帰にたえ」

「駄目だ！」

「でも、帰にたえ」

「駄目だと言ったら駄目だ！」

「でも僕、うんこがしたいんです」

そして、ボクちゃんは教師達の爆笑裡に帰宅を許されてしまった。おかげで、事によったら校長と一悶着起し兼ねない気配で、てぐすねひいていた私も、ほっと胸をなでおろしたのである。

そのボクちゃんは教室へよく草花を携えて来た。薔薇だの、百合だの、蝦夷《えぞ》菊だの、桔梗《ききょう》だの、等々が時々黙って教卓の上に置かれてあった。私はそれを学校一の不良学級の窓際にかかっている花差しにたててやるのであった。その度に教室が生々とした新鮮さを加えて、授業をするのにも精が出るように思えた。

或る朝何時ものように教卓の上に黄色い花石榴《ざくろ》の花の置いてあるのを認めた私は、

「ボクちゃん、お前は又綺麗な花を持って来たが、こんな花は何処に咲いとるんだ?」

と、訊いて見た。

「家に作っとるんです」

と、ボクちゃんは答えた。

「ボクちゃんがか?」

「いいえ、家のひとがです」

「ああ、そうか」

ボクちゃんの家は花屋ではなく呉服屋だった。だから私はわざわざ花屋から買って来たりするのではないかと、ひょいと、そんな懸念を起して質《たず》ねて見たのであった。

それから何日か経った或る日の放課後、私はせせこましい教員室の喧噪を避けて生徒の帰った静かな教室で本を読んでいると、ひょっくり廊下の扉が開いてボクちゃんが顔をのぞけた。

「何だい? いまごろ?」

私は目をあげて尋ねると、ボクちゃんはちょこちょこと自分の席に走り寄って、中から小さな包みをとり出して示し、

「これ、忘れたので、とりに来たんです」と答えた。

「それ、何だい？」

「弁当箱ですがな」

ボクちゃんはそう言いながら、悪びれもせず私の卓に近づいて来た。そして、ほくろのある赤い唇をほころばせて尋ねた。

「先生は何しとりんさりますじゃ？」

「先生は勉強しとるんじゃ。ボクちゃんはもう勉強すんだか？」

「ううん」

ボクちゃんは一寸てれくさそうに、私の本の上に視線を落していたが、

「僕は、夜さりしますじゃがな。姉さんに教わり教わり……」

と、つけ加えた。で、私はたずねた。

「ボクちゃんには姉さんがあるのかい？」

「ええ、先生はまだ知りんさらんのか？　何時も僕に花を切ってくれるのを」

「知らん、どんな姉さんじゃ？」

「どんなって……、それ、先生、何時か僕に傘を持って来てくれた時に、先生は見んさりしませなんだか？」

山陰は気候の変化が実にはげしい。朝はからりと晴れていたのに、午後になると急に降り出すようなことが度々である。そんな日の放課時には生徒の母親や姉たちが傘を手にして教室の

昇降口に並んで子供を待ちうけている。瞬間、私の胸にその情景がうかび上って来たが、誰が誰の母やら姉やら記憶のあろう筈はなく、

「見なんだ」

と、正直に答えた。するとボクちゃんは不思議そうな目つきをして言った。

「だけど、先生、姉さんはよう知っとりますぜな」

「そうかい」

「それでな、姉さんな、おさらいの時、僕によう先生のことをききますじゃがな」

「どんなことを？」

「どんなことって、……先生は何処に下宿しとりんさるかとか、どんな本を読んどりんさるかとか……」

「どんな本て、こんな本じゃが」

私は卓の上の本の頁をぱらぱらとめくって見せると、ボクちゃんは、

「これ、何の本？　むずかしいな。うちの姉さんな、言うとったですぜ、先生は学校中でいちばん頭がええんだって」

「そうか。は、は、は」

賞められれば、それが子供であっても、凡人はうれしいもので、私はてれかくしに高笑いをしてその場はそれですました。

それは九月頃のことであったが、(書き忘れていたが私は四月に赴任したのである)それから何日か過ぎたある晩、それは郡の展覧会でボクちゃんが一等賞を貰った後であったから、多分十月頃であったろう。ああそうだ。その晩は町の氏神様の夜宮で、太鼓の音が遠くから聞えていた。私は宿直で、まだ寝るのにも早いので、職員室に電燈を煌々《こうこう》と点けて、火鉢を股にして一人で退屈していると、突然窓の下で私を呼ぶ声が聞えた。耳をすますと、

「末本先生!」

と、又聞えた。今頃誰であろうかと、ガラス窓を開けて覗くと、半月の光を背にして小さな子供が立っているのだった。

「誰?」

と、私はたずねた。

「僕です」

その声で、私はそれがボクちゃんであることを知った。

「誰かと思うたらボクちゃんか。遊びに来たんか?」

「ううん、今お宮へ参って来たんです。それでな、これ、先生にあげますって」

ボクちゃんは窓の下から紙の袋をさし上げた。私は無意識に上から手をのぞけてそれを受取った。見ると、紙袋の中にはまだほやほやの茹栗《ゆで》が一杯はいっているのだった。

「おや、これはこれは。だが、上げますって、誰が?」

と、私はたずねた。

「うちの姉さんが」

「姉さんが？」

私は反射的にそう言って、何時かボクちゃんが、先生は学校中で一番頭がいいと伝えた「姉さん」を思い出した。妙に変な気がすっと流れた。私は何か言おうとすると、ボクちゃんは忙しそうに少しどもりながら、

「それでな、姉さん、あそこの檜葉《ひば》の枝を貰うてええかって……花生けにしたいんで欲しいんですて……」

と、せき込んでたずねた。が、私は何のことやらすぐには合点が出来ず、

「ああ、ええ、ええ」

と、いい加減な返事をすると、ボクちゃんは早速くるりと後向きになって校門の方に駆け出した。私はその早業にぽかんとしてその後姿を見送っていると、

「末本先生、ええって、貰うてもええって、取ってもええって、姉さん——」

走りながら叫ぶボクちゃんの声が薄明りの中から聞えた。見ると、校門の傍には別な大きいもう一つの影が立っているのであった。と、その影は校門の側の灌木などの植えてある学校園の中に吸われるように入って行った。私はやっと、其処には何とかいう珍しい檜葉のあることを思い出し、ああの葉が欲しいというのかと、余所事のようにその方を眺めていた。

が、やがて、その影は灌木のしげみの間から、再び校門の小さい影の方に戻って来ると、もう一度ボクちゃんの叫び声が響いて来た。

「センセエ、サヨウナラ」

私はそれに答えるつもりで、窓から右手をのぞけて大きく振った。と、その時大きい方の影も私の方を向いて頭を下げてお辞儀をする所作が、だんだん戸外のひかりになじんで来た私の目にはっきりと映った。

しかし、私はそれから間もなく、とうとう校長や同僚との感情の疎隔が嵩《こう》じ、半ばは強制的に半ばは自発的に学校を辞めてしまった。日増しになついて来た教え子達には流石《さすが》愛着が残ったが、一方私は若い希望に燃えて決然と東京を指して出発した。その張り切った気持の中で城下の町を去った私は、それきりボクちゃんの姉さんを真正面に見る機会を失ってしまった。

そうして、あわただしい十年の歳月が流れたのである。指を折って数えて見ると、ボクちゃんはもう徴兵検査を受ける青年になっている筈だし、その姉さんはもう三十の年増ざかりになっている筈である。当時のボクちゃん位の子供さえある頃だ。けれども私は、そんな姿を今想像することは出来ない。私の胸に泛んで来るのは、ただ一度半月の光の下で見た、その細っそりとした黒い影だけである。

〔昭和9（1934）年5月「作品」初出〕

# 出石城崎《いずしきのさき》

八月の終りの或る夕方、私は同じ中学に勤めている国語教師の末川がもう田舎の旅から帰っている頃だと思って、郊外の彼の下宿を訪ねて行った。果して彼は昨夜帰京したばかりであると宿の女中が私に教えた。様子を知っている私は階段をとんとんとかけ上って、彼の部屋をノックするが早いか、

「よう、どうだったい？　大分お気に召したらしいな」

と其処に坐り込んだ。と言うのは彼の今度の旅は、彼の厳父の命令に従って、郷里で見合をしなければならぬと、前々から彼がもらしていたのが頭に沁み込んでいたからである。

「うん、いや」

彼は押入から座蒲団をとり出しながら生返事をかえした。

「だって君、――あの葉書をありがとう。あの葉書で見ると随分たのしかったらしいじゃないか」

私は訊き返した。

と言うのは、私は彼の旅先から一葉の絵葉書を受取っていた。その絵葉書は『城崎温泉全景』というのであったが、その表には「埃の都をはなれて遠く山かげの旅に来ぬ。山かげには山かげのみめ美わしきおみなあり。共に裏海の魚介をはみ、共に山のいでゆの湯に浸る。また楽しからずや」と戯文調でしるされていて、私は少々あてられていたからである。

「うん、あれか、あれは誤解しちゃ困る。見合の女とは違うんだ」

「では何だ？　尚更並々ならぬことだぞ。白状しないか」

「白状してもいい。が、そう周章《あわ》てるな」

彼は扉を押して階下に降りて行ったが、間もなく女中がビールを持ってはいって来た。彼は久し振りだから一杯やりながら、ではその山かげの女の話でもしようか、とぽつりぽつり語り始めた。……

その女の名前は柚木ナミと言うんだがね。この名前は君の耳にどういう風に響くかな。実はどう贔屓目《ひいきめ》に見ても美人の部には入らないんだが、この女に僕は十年近く仄《ほの》かな恋心を感じて過して来たのだ。と言っただけでは分らないが、大正十二年の春鳥取の中学を卒業すると直ぐ、僕は色々家計の都合もあって但馬の出石という町に代用教師となって行ったのだ。

出石というのは城下町ではあるが、戸数は千軒にも足りない小さな町だ。昔、山名慶五郎氏政が城を築いて以来、明治初年に至るまでは相当殷賑《いんしん》を極めたものだそうだが、明治九年の大火災以来段々さびれてしまったと言うことだ。その上、その後山陰地方にも鉄道が敷設されることになった時には、土地の有力者が極力奔走した運動が効を奏して、山陰本線ははるか数里の彼方を走っているという始末で、時代に取残されたような軒の低い家が、「あちら向いてもヤアマ山、こちら向いてもヤアマ山」と言う古謡そっくりな盆地に、支え合うように軒を並べていた。

町の真中を一条の川が流れて、土地の人は出石川と呼んでいた。たいして大きい流れではなかったが、橋の上から眺めると何時も川底の小石が水の上に泛んだように綺麗に澄んで、川魚の上り下りする姿までがはっきり見えるのであった。

けれどもその頃の僕にとって、そんな町がぴったりとそぐう筈はない。昔、藩校のあった跡に建っている、古風な小学校の石門をくぐる度に、思わず太い溜息が出た。学校には教師が十八人いた。その姓名が職員室の壁に月給順にぶら下っていた。僕はその十七番目であった。十七番目に代用教員末川大吉と書いた木札がぶら下り、その次にもう一つ代用教員柚木ナミという木札がぶら下っていた。僕は何より先ず柚木ナミなる木札に親愛を感じた。十七番目の木札と十八番目の木札とが仲よく話でもしているかのように思われた。そしてそれは木札ばかりではなく、下駄箱も帽子掛も机までが誰かれの最後に二つ仲よく並んでいた。しかも僕は尋常三年生の男生を、彼女は尋常三年生の女生を、受持つことに決められたのであった。

はじめて授業に出た日の十五分の休みの時間、僕は教室の廊下の窓から向うの山に咲いている名も知らぬ白い花をぼんやり眺めていると、隣の教室から大柄の久留米絣の上に海老茶の袴をはいた彼女があらわれた。僕は智識欲から、中学で着ていたままの小倉の洋服のズボンに手を突込んだまま、鳥取弁で訊ねた。

「あの白い花あ、何ちう木かな？」

彼女は細面の顔のキレの長い目で山の上を捜すようにして、それから答えた。

「さあ、ようは知りませんが、多分こぶしちうんでしょう」

これが十七番目と十八番目とが言葉を交わした最初であった。が、僕はその後で直ぐ初めて女と話をするのに、花などについて尋ねたことが如何にも男の恥辱のように悔いられたが、もう仕様のないことであった。

そうして兎も角、二人は壁一つ隔てた隣教室で暮すことになったのであるが、早合点されない前に言っておく。僕はその一年間に彼女と恋の睦言《むつごと》を交わしたことは一度もない。それは彼女の容貌が人並以上でなかった所為《せい》もあろうが、容貌と言えば彼女の左の頬には五厘銅貨大の痣《あざ》があって、それが何より彼女の容貌を傷つけていた。しかし見方によってはそれがかえって彼女の顔に一種さびしげな気品を宿さして、矢張り木札のようなへんな懐かしさではあったが、まあ一口に言ってしまえば彼女は当時の僕に積極的に恋を挑ませる程の魅力ではなかったのである。

学校の同僚からも彼女は皆んなに好感を持たれていた。じめじめした学校の職員室もどうかすると偶《たま》に祭りのように賑わう日があった。それは決って校長の留守の日であったが、そんな時にも彼女は賑わいの中になくてはならぬ存在であった。僕が赴任して間もない矢張りそんな日の放課後、

「いよう、ナミちゃん！」

と天井の低い職員室の隅の机から図太いバスで村井という教師が呼び掛けた。村井というのは某私立大学中途退学者で、僕よりは七つばかり年上であったが、月給は人並に上らないので、その木札はやっと十三、四番目でまごついている男であった。すると彼女は、

「ええ？」とその唇の上に白い八重歯を覗かせて声の方を振仰ぐ。

「何んじゃ、そんなにしみじみとした顔をして！　誰のことを思うとるんじゃ？」

「まあ、村井先生たら、何時もふざけてばかり！」彼女は俯向いて成績物をしらべ続ける。

「そんなことを言うて何んぼ白ばくれたて、ちゃんと確かな筋から聞いたんじゃぞ。ナミちゃんお婿さんが決りましたと……」

「まあ！」彼女が心持頬を染めると、村井はつと立ち上って其処にあるコップと薬罐を引っ掴み、

「さ、だからわしが一つお婿さんになって上げるから……」と彼女の机に近づく。

「なんですいな、いやらしい！」彼女はペンを持ったまま右手を軽く額にかざし、温順な中にもきかぬ気質をほのかに示して、切れの長い目を吊り上げる。

「なんですいなって、わしがちょっとお婿さんの代理になって上げるから、あんたの三三九度

の稽古をやろう」

村井が彼女の机の上で色黒い番茶をなみなみとコップに注ぎ込むと、どっと割れるような歓声が室一杯に舞い上って、彼女は耳朶までも真赤にして主のいない校長室に飛び込む。……――言い後れたが、彼女はその町の古びた士族屋敷の藁屋根の下に、母親と二人きりで暮しているのであった。

けれどもそんなにぎやかな日は偶にしかないばかりか、どうかすると同僚間には見苦しい反目や軋轢が繰返された。教師として立身出世しようと言う野心のない僕たちは、そんな空気の中でも割合に超然としていられたが、学校の成績とか名誉とかいう名目の下に絶え間なく課せられる校長や視学の干渉や強制的な仕事は、代用教師ゆえに労苦が一倍重いのであった。そんな場合に遭遇すると、彼女は決って隣教室の同じ代用教師の僕のところに駆け込んで、「ああ嫌だ！」としょげ込んだり、「ああ憎らしい！」と拳骨を握りしめて校長や視学を殴りつける恰好をして見せるのである。が、その所作は見ている方ではちっとも嫌なようにも、憎らしいようにも思われず、かえってのびのびとした気持に誘われた。彼女もそれだけ言えばそれで満足したかの様に二人は仕事など放りっぱなしで罪のない不平をぶちまけ合って時を過すのであった。

そうしている中に春が過ぎ夏がやって来た。夏も過ぎると新しい秋が訪れた。或る晩、僕は教師の中で最も親しくしていた村井の下宿へ遊びに出掛けた。栗の皮をむきながら、とりとめ

もない話をしていると、突然村井が、

「そりゃそうと、君はナミちゃんに気があるかい?」と訊ねた。僕が、

「ないな」と答えると、

「でも、ナミちゃんは君に気があるかも知れんぜ」

「馬鹿な、そんなこと」

「でもな、高等科の女生が柚木先生と末川先生とはおかしいと噂しとるそうじゃぜ」

「ほんまか? だってナミちゃんは僕より一つ年上じゃないか」

「年上だって一つ位気にするこたあない。どうじゃお婿さんに行かんか」

「いや、お婿さんだけは真平じゃ。男と生れて末川姓は棄てとうない」

「じゃが、ちょっと珍しい女じゃぜ」

「うん、じゃが、どうも……」

　話はそれで終った。が、そんな噂が村井の耳にまで入っている以上、僕と彼女に関する風評は話題の少ない小さな町にもう余程拡がっているに相違ない、と思うと代用教師の僕にも、根も葉もない噂が気になって来た。

　で、僕はその翌る日、

「柚木さん!」と教室の廊下で彼女を見つけると、彼女に呼びかけた。

「はい」彼女は振り返った。

「あの」

「ええ」

「生徒が、柚木先生と末川先生とはおかしいと噂を立てとるそうですな」

そして彼女の返事を待った。

すると彼女は別に驚いた風もなく、

「そうですけえ。そんならそれで言いたいだけ言わしといても、かまやせんじゃありませんか」

と、こう平気な顔で答え、突き当りの階段の方へ歩いて去《い》った。

こんな調子だから噂はそれ以上拡がりもしなかったらしく、そんなことは何時の間にか僕も忘れた。

そのうち、僕は彼女の受持の生徒の中にスミエちゃんと言う愛らしい女生徒のいるのを見つけた。ナミと同じく細っそりとした顔立ちではあるが、顔全体がうるんで、瞳だけが澄んで笑っていた。内気なせいか最初は余り目立たないくせに段々美しさのにじみ出るという性《たち》の少女であった。まだ少年の僕はその少女が可愛くてならず、よくナミに言い言いした。

「あのスミエちゃん、僕のお嫁さんになって呉れんかなあ」

すると受持の彼女は自分のほんとの子供でもあるかのように、

「お嫁に上げてもええですけど、但し……」

「但し?」

「もう十年お待ちんさる辛抱がなけりゃ……」

「十年？」

「ええ。待てませんですか。それだけの熱がないんでしたらお断わりですわ」

彼女は何時も十年十年を繰返して、冗談ではあっても、なかなかスミエちゃんを嫁さんにくれようとは言わぬのであった。くれようと言わないから尚更、僕は幾度も繰返して請求をこころみるのであった。

が、そうこうしている中に一年が過ぎてしまい、三月の末僕は某私立大学受験の為こっそりと上京した。試験が受かって出石の町へ荷物を取りに帰ったのは四月ももう半ばを過ぎていた。僕は挨拶かたがた学校にも出掛けて行った。校門をくぐり職員室に入ると丁度昼休みの時間で、昼弁当を頬張っていた村井が最初に僕を見つけて、「ようお目でとう」と呼びかけた。外の教師もそれに和して祝辞めいた言葉を浴びせかけたが、その一番最後から、

「まあ、ひどいですぜ、末川先生。黙って東京へ行ったりしんさって」とナミがうらめしそうに寄って来た。「そのバチでもう先生の机はのうなりましたから」

なるほど、僕の座席であった机にはもう見知らぬ若い教師が腰掛けているのであった。それを見ると嫌々ながら勤めた代用教師生活ではあったが、急に愛惜の情が湧いて来て、僕は一年間を暮した教室をもう一度見ておきたくなって、階段を上って行った。すると、何処をどう廻ったのか、反対の階段の方から彼女が素早く僕の前にあらわれた。そして、

「先生、本でしょう」と言った。僕は何のことか分らないでいると、

「教卓の中に投げ込んでありましたから、私しまっておきましたですじゃがな」

と彼女は先になって教室の中へ入り、教卓の中から新聞紙にきちんと包んだ包みをとり出した。僕は気が付いて礼を言いながらそれを受取り、教室の中をぐるりと見廻しながら、

「今度はこの教室には誰が入るんですか？」と訊ねた。

「わたし」と彼女は人さし指をぐるりと曲げて、自分の胸のあたりを軽くおさえて見せ、それからつけ加えた。「インネンですわね」

「それで、あんたの今年の受持は何年ですじゃ？」

「持上りの四年生の女」

「男生は？」

「カ、ミ、ナ、リ、」

と答えて、彼女は顔をしかめた。カミナリと言うのは教師仲間から蛇蝎《だかつ》のように嫌がられている首席訓導のことだった。

「ああ、ほんとに去年は面白かったですけど……」彼女はあらためて嘆息した。

「無茶苦茶ないい加減なことばかりして過したですからなあ」

「ええ、もう今年は相棒が相棒だから、あんなにのんびりしては暮せんかと思うと、何だか嫌になってしもうて……。先生、思い出しんさったら、又出石へも遊びにお出でんさいな」

「…………」

二人の間にしばらく沈黙がつづいた。彼女の瞳は少しうるんでいるようであった。が、その時階下の方から小使の鳴らす鐘が響いて来たので、二人は校庭の方に下りて行った。鐘の音で校庭に集合している生徒達に、僕は別れの挨拶を述べねばならないのであった。

生徒への挨拶が済むと、その後には職員達の送別茶話会が待っていた。心が何となくあわただしく、僕はそれきり彼女と二人で話をするような隙もなかったが、その日の午後、下宿に帰って荷物などをこしらえる段になり、僕は新聞紙の包みを始末しようと開けて見ると、書物の間から小さな焼物が一つころがり出た。それは出石の町特産の出石焼の純白な一輪差しであった。一輪差しには半紙が一枚巻き添えられ、その上に「餞」と一字だけ書きしるしてあるのが読まれた。

所で僕は大学には入ったものの、よるべない東京のことではあり、家庭教師の口を見つけたり、筆耕の口を捜したり、そんなことに懸命にならねばならぬ境遇だったので、彼女のことも一輪差しのことも殆ど忘れ勝ちであった。生れつきの筆不精も手伝ってお礼の手紙一本さえ書き送ろうとはしなかった。そうこうしている間に半年ばかり経ち、或る日僕は村井から一通の手紙を受取った。ナミが突然婿養子を迎えて人妻となったという消息であった。婿養子というのは彼女よりも十五も年上の背の低い風采の上らぬ男で、郡農会の技手を勤めているから、君も何かの機会に顔を合わせたことがあるかも知れぬと書きしるされていた。僕は曖昧な記憶の中からその男を捜し出そうとつとめたが、それらしい姿もはっきりとは現われて来ず、妙な動悸が胸を打つのを我が身に感じた。

「ナミちゃんはきっとその男が好きで貰ったのではないであろう」

僕はひとりでそう決めると、慌しく下駄を引っ掛けて人通りの街に飛び出し、当てもなく通りから通りをうろつき歩いた。そして今更のように一輪差しに対する礼状さえ出さなかった自分の非礼を後悔した。そのかわり結婚祝いの手紙でも書こうかと思ったが、それも何だか気がひけて、そのまま十年近くの月日がすぎたのである。

それから十年近くの僕と彼女との関係と言えば、一年一度の年賀の端書によって僅かなえにしが続いて来たに過ぎない。そう言えば何だか牽牛織女の物語めくが、その端書はちゃんと大事に蔵《しま》ってあるから何なら見せようか。（と末川は机の抽斗《ひきだし》の中から年賀状を六、七葉とり出して私に示した。受取って見ると達筆な女文字で次のように読まれた）

明けましてお芽出とう御ざいます。大正十四年一月一日

新しき年が貴方により多くの幸せをもたらしますよう、はるかに但馬の山の中よりお祈り申上げます。大正十五年一月一日

年のはじめのお祝い申し上げ候。昭和三年元旦

新春のほぎごと謹んで申上候。昭和四年一月一日

謹みて新春の御慶申上候。昭和五年元旦

新たなる年の新たなる祝福を祈りまつり候。昭和六年元旦

謹みて新春を賀し奉ります。昭和七年一月一日

謹賀新年。私はもう出石の学校で中老の部に入ってしまいました。昭和八年元旦

彼女はその後ずっと出石の学校の女教師を勤めつづけているのであった。僕は村井が出石から更に十里も山奥の学校に追いやられてからここ数年来は、一向彼女の消息も分らないでいたのだが、今年（昭和八年）の賀状でやっとそれが分ったのである。それはそれとして、僕は郊外の下宿で新しい年を迎える度毎に感を新たにして彼女のことを思い起した。雪の降り積った山陰の小さな町で、かじかんだ指を火鉢にかざしながら年賀の葉書を認《したた》めている彼女の姿が胸

に浮んで、僕は賀状を裏返しにして見たり電燈の灯にすかして見たりしたものだ。すると彼女の傍に、未だ見たこともない背の低い風采の上らないという彼女の夫が、色々な姿となって現われて来るのだった。

一方、話は少し前後するが、僕は苦しいながら東京の生活にもだんだん慣れて行った。殊にどうにか学校を卒業して今の中学に勤めるようになってからは、僕の心も幾らか前より余裕を持つようになっていた。昼間の自分を殺した勤めから解放されて下宿に帰り、一人で蒲団を敷いて床の中に入ると、出石の町の山に囲まれた静かな風景や、因循ながら人懐かしい町の人の人情や、ナミの姿が胸に甦って来ることがあった。毀れかかった土塀の上から木槿《むくげ》の花など覗いているその下の道を、俯向き勝ちに歩いて行く彼女の姿が遠い夢のように現われて来るのだ。そんな情景はともすると滅入ってしまいそうな塵埃まみれの都会生活の上に、ほんのりと淡い光を投げかけて呉れる蠟燭のような明りであった。

そんな時、別に僕の心に浮んで来る一つの思い出があった。それは小春日の暖かい日の午後、放課後の例の二階の教室でその日の仕事を片付けていると、どんな拍子でか僕の目の中に大粒のゴミが入ったことがある、僕は周章てて目を押えたまま壁一つ隣の彼女の教室に駆け込んで、「たのむ、たのむ!」と叫んだ。が、そういう場合にはかえって落着きを見せる性の彼女は、「どうしんさりましたじゃ?」と鷹揚な調子で訊き質した。僕も仕方なしに落着いた静かな口調で、

「目の中に何か入ったんで、一寸見て……」と頼むと、彼女は僕を窓の近くに引っ張って行って、瞼をくるりと引っくり返した。そして、

「あ、ある、ある、大きなのが……」と腰の下からハンカチを取り出しその端を尖らして唾で濡らした。二秒、三秒、五秒。ハンカチの尖《さき》が瞼の裏をちくちくとつついたかと思うと、彼女は八重歯の唇を円くすぼめて温かい風を吹き込むのを僕は感じた。その途端にゴミは外に吹き出されて、眼の中の痛さは大粒の涙と共に消えて、後には僕の小倉の洋服のボタンに触れていた彼女の膨れ上った胸の感触だけが残されていた。

――と、そんな記憶を僕は寝床の中で胸に甦らして、思わず一人で自分の膝と膝とを擦れ合わしたり、寝返りを打ったりするのであった。

さて、僕は君も知っているとおり、この夏休みに田舎へある女と見合をするために帰らされたんだが、その途中、ひょっくりその出石の町へ立寄って見たのだ。京都で山陰線に乗り替え、汽車が山の中へ入って行くにつれ、僕は今度見合をする女の顔やその場面を想像していると、自分も最早や青春の日を失って家など持つようになったのかと妙な気になり、二十の頃の当てもない希望に燃えていた自分が懐かしくなり、ふらふらと立寄って見る気になったのだ。いや別に彼女に逢いに行こうなどと言う殊勝な量見は毛頭なかったのだが。――

江原という駅から乗合自動車で凸凹《でこぼこ》の道を出石の町に着いたのはもう夕暮に近かった。僕は

わざと町はずれで車を降り、出石川の土手に沿うた長い松畷《まつなわて》を歩きながら、十年前の自分の姿を思い起した。ただ一人知る辺もないその町に初めて赴任して行った時、一抹の不安に怯えながら其の道を歩いて行ったものだが、その時と同じように松の畷がごうごうと風もないのに鳴っていた。

町の様子は殆ど十年前と変ったとも思われず、古ぼけた看板や暖簾が昔そのままに低い軒先にぶら下っていた。その中には又、昔と同じ品物が、何の数寄《すき》もなく昔の陳列そのままに並んでいた。それ等は僕の十年間の転変に比べてこんなにも静かにそっとしていられたものかと、寧ろ不思議な気がする位であった。

が、僕は町を歩きながら、間もなく其処に住んでいる人達の心は、最早や自分からは遠く離れてしまっていることに気付いた。なるほど其処の店先、此処の帳場に見覚えのある顔が覗いてはいた。町角の髪床の小父さんは昔と同じ恰好で同じ椅子を土間に並べて客の顔を剃っていた。が、彼等は僕の姿をちらと振向いても何の記憶の反応もないらしく、そのまま俯向いて仕事を続けた。僕の方から何か声を掛けて見たいほどの親しさは湧いては来ないのだ。

「一体、自分は何をしにこの町にやって来たのだろう」

僕は悔いに似たものを覚えた。過去十年生活の苦闘の間々に胸に描いて来た出石の町は、こんな疎遠な町ではなかったのに。十年前の夕方など、僕が町を歩くと教え子達が腰の辺りにうるさい程纏《まと》いついて来たものであったのに。町の小路で花火を弄んでいる子供達の顔は、もはやお互いに何等知る由もない、僕がこの町を去ってから生れた子供達であった。そのとりつく島もない時の推移の侘しさは、一切合財が空になってしまったような虚しい想いを起させるのであった。

文字どおり、日暮れて途に窮した形であった。当時親しかった村井は、前にも言ったように十里も山奥の学校に追いやられていた。僕はしばらく考えあぐんだ末、川端の宿屋の薄暗い軒燈をくぐってはいったのである。そうして僕はまるで見知らぬ土地に来た旅人の心になり、ひとりで銚子を三、四本傾けると、ほろ酔い心地でうす汚ない寝床の中に横たわったのである。

そして、その翌日の昼前には、出石の町をまるで逃げるようにして、僕は君に葉書を出した城崎の町に着いていた。城崎は出石から江原に出て三つ目の駅だが、此処も僕にとっては初めてではなく、代用教師時代に職員の親睦旅行があって行ったことがある。それは但馬震災前のことであったが、一度行ったことがあると言う親しさが、僕を無意識にひき降ろしたのであろう。とは言え別にあてもない旅人の僕は、下車したまま新装をこらした駅の待合室に入って煙草をぷかぷか吹かしていた。京都から丹波へ、丹波から丹後へ、丹後から但馬へと、青い山ばかり眺めていた所為か、二、三日前東京をたったばかりなのに、もう何十日も山の旅を続けているような心地であった。昨夜出石の宿に泊ったことさえ、もう余程以前のことのように思われた。そんな曖昧な意識の中で、僕は又近日田舎で見合をせねばならぬ女について考えていると、ひょっくりナミの姿が胸にうかんで来た。

「それにしても、彼女も今はどんなに変ったことだろう」

　昨晩は出石の町の何もかもが虚ろになった侘しさで、ナミのことなど考えたくもなかった僕も、此処まで来ると或る余裕をもって振返って見ることが出来たのである。ああの当時はこんな暑い日にも、人に頼まれれば否とは言わず、夏休みの三分の一も人の分までひきうけて日直当番を勤めていたものであったが。がらんとした職員室に小さなオルガンを持ち込んで、退屈しのぎに子守唄など弾いていたものであったが。

「ひょっとしたら――」

僕は駅の前に自動電話のボックスを見つけると、扉を引いて中に入り、呆然とした勇敢さでくるくるとハンドルを廻した。

電話はすぐに通じた。小使らしい男が出て来たので、柚木先生はいないかと尋ねるといると言う。取次を頼むと間もなく本人が出て来た。

「もし、もし、どなたですか？」

「末川ですが」と僕は答えた。

が、彼女はなかなか分らないと見え、二、三回も訊き返してやっと通じた。

「まあ、末川先生ですか」彼女は流石に驚きの声を発して、「それで今、何処に居りんさりますじゃ？」

「城崎にいるんですが」

「そうですけえ。出石へも来んさりませんか」

何のこだわりもない返事であった。

「ありがとう。ですが、ちょっと都合が悪くて……」

「お連れでもおありなんですか」

「いいえ」

彼女は暫く黙っていた。で、今度は僕の方から、

「何かそちらには変ったことでもあるでしょうか?」と訊ねた。

「ええ、そりゃ、山ほど……」

「そんなら、あんたこそこっちへ来て、そんな話でもして呉れませんか」

「ええ、でも、何処に泊っておりんさりますじゃ?」

「しなのや」

「ええ?」

「し、な、の、や」

一通話の時間はすぐに済んで、二人の会話はそこで切られた。

僕は駅前の砂利道を真直に歩いて小さな石橋を渡った。橋を渡るとすぐ左に曲って溪川に沿うて上って行った。溪の両側に立並んだ宿屋の中に品野屋を捜した。品野屋というのは親睦旅

行の時（彼女も一緒だった）一晩泊ったことがあるので不思議にその名前を覚えていた。震災後此の温泉場の宿はすっかり改築されて当時の面影は殆どなくなっていたが、狭い土地のことゆえ僕は直ぐにその看板を見出すことが出来た。

女中に導かれて二階の部屋に通されると、洗いたての浴衣に着かえ、そのまま最寄りの一の湯温泉へ浸りに出掛けた。此処の温泉場には内湯がないので、客は各々の宿屋の湯下駄をひっかけて、外湯へ通って行くのである。僕はいよいよ温泉客らしい気持になって、浴室の一隅に蹲り、東京から身につけて来た汗を洗い落した。

夜になると散歩に出た。上方から来たらしい湯治の客が宿の浴衣を着けてぶらついていた。町の東を流れている川の方へも行ってみた。その川は出石川の下流にあたり円山川と呼ばれている。が、すぐ数丁下《しも》はもう日本海に接している。川端の蘆《あし》の葉が満潮らしい逆流の中で揺れる姿が見えた。其の岸辺を歩きながら、中途で切られたままになっている電話の結末に就いて考えていた。その日の昔かわらぬ彼女の声と様子は、前日来の失望と不機嫌を半ば拭い去って、この儘彼女と又遠く離れてしまうのは無念に思われるのであった。

「も一度出石へ行って見ようかしら」

「いや、ひょっとしたら彼女の方から何とか電話でもかけて来るかも知れん」

そんな気がすればこそ、わざわざ捜して品野屋に泊ったのでもあったが、思案の決着のつこう筈もなく、歩きくたびれた足を宿の方に引きかえした。

翌る朝の城崎は透きとおるほど爽やかに晴れていた。おそい朝食を済ますと、僕は部屋の中に籐椅子を持ち込んで裏の山を眺めていた。大正十四年の五月震災の火煙がこの町を包んだ時、多くの町民はこの山に難を避けたが、火の手は人の逃足を追って山にも延び、焼死した者も少なくないということだが、所々太い樹木の幹が枯れたまま棒立になっている姿が当時の惨状を語っていた。しかし大部分の木々は焼けたあとからもう一度新しい芽をふき直し、山は一面の翠《みどり》でおおわれていた。僕はその濃い翠の色どりを眺めていた。

と、その時階段をのぼる足音がして、ボイルの浴衣を着た女が開け拡げた部屋の入口に女中と一緒にあらわれた。ナミであった。

「先生、ほんまにお伺いしましたですぜ」

彼女はそう言いながら畳の上に坐って軽くお辞儀をした。隣教室から隣教室にとび込んで来た昔の気軽な動作そのままだった。

「ああ、よう」

僕は咄嗟のことに、どぎまぎしてこう答えた。

「もう一生逢えへんかと、何時も思うとりましたじゃに……」

彼女は感慨深げに言って、昨日電話がかかってから、その朝宿に来るまでのことをかいつまんで伝えた。電話が途中で切れたので夢のようでならなかったこと。ひょっとしたら誰かの悪戯ではないかとさえ思ったこと。もう一度電話がかかって来そうに思えてならなかったこと。

今日は夏休中に一度行かねばならぬ竹野の親戚へ行くことにして途中立寄って見たこと。もしかしたら僕が出石へ行くのと入れ違いになりはせぬかと心配しながら来たこと。

「ええ、今日はこれから出掛けようかと思ってたんですが」僕は口から出まかせを答えた。

「そうでしたか、矢っ張り。でも行き違いにならんでよかった！」彼女は肩で呼吸をした。

「出石も大分変ったでしょうな？」

「ええ、昨夜も古い写真を出して見ましたけど、学校には先生の知っとりんさる人はもう誰もおりんさりませんじゃで」

「村井も山の奥へやられたそうですな」

「ええ、あの時分が出石学校の花だったような気がして。昨夜もひとりでそんなこと思うとりましたら、つい涙が出ましたじゃがな」

「あの頃は、みんな、若かったですからなあ」

「それでかどうか、今の学校たらカチカチの牢屋みたいで、ちっとも面白いことなんかないんですもの」

彼女はいたずら乙女のするような舌打ちをして、上目遣いにじっと僕を見据えた。その目は半分笑ってはいたが、長い間打ち明ける人もなくじっと堪えていた不満をやっと訴えた時の哀切にあふれていた。浴衣一枚の胸のあたりは昔に比べてずっと痩せて見え、彼女はあの古びた校舎の階段を上ったり下りたりしながら、十年を過したのかと思うと、思わず僕も目頭の熱くなるのを感じた。

「だが勤めなんて、東京も田舎も、何処も同じようなもんですぜ」私は言った。

「そうなんでしょうかなあ」

と、答えて彼女は思いなおしたように、

「でも、先生はちっとも変りんさりしませんですなあ」と話をかわした。

「そうかしら。何時までも独身でぶらぶらしてるからでしょう」

「え？　ほんまにまだお一人ですけえ？」

「ほんまですとも」

「どうだか。私はもう東京で綺麗な奥さんを迎えんさっとると思うとりましたのに」

「いや、いや。いい年になっても、誰も来て呉れる人がないんです。——一つ誰か適当な人をお世話願えませんかな」

彼女は暫く考えていたが、

「じゃ、スミエちゃんはどうですじゃ？　ええ娘になっとりますぜ」と、微笑を作って僕の顔を見つめた。

「やっぱり可愛いですかな」僕は昔のかりそめの少女の顔を思い浮べた。

「そりゃあ。大阪から戻って、余計綺麗になりんさりましたじゃがな」

「大阪から、って？」

僕が反問すると彼女は、スミエちゃんは高等科を出ると間もなく大阪で巡査をしている男に嫁いだが、一年ばかりで夫に死なれて戻って来て、今は郵便局の事務員をしていると教えた。僕は仕方なくまだおさげだった少女を心の中で無理に成長さして、郵便局の窓口に坐らせて見た。

「だけど、もう僕なんか覚えていないでしょうなあ」

「いいええ。この間も局へ行ったら、先生の噂をしとりましたですぜ」

「ほほう。でも、僕のお嫁さんになりたいとは言ってなかったでしょう?」

「でも――そう言ったら本当に貰って上げんさりますか。――出もどりでも」

彼女はもう一度僕を見据えて、その痣のある顔をほころばせた。

二人の話は十年前の同僚達の噂話に移って行った。そうしている中に昼食となり、宿の女中が昼食の支度を二人分運んで来た。彼女は一応辞退したが直ぐ思いなおして僕と向き合って坐った。彼女は小さな飯櫃《びつ》を自分の膝近くに引き寄せ、先ず僕に御飯をよそってやろうと言うのであった。

膳の上には鮑《あわび》の酢のもの、鯛の刺身、それに長さ一寸余りの小魚の吸物が載っていた。僕はその青みを帯びて目だけ黒い細身の魚が珍しく、何と言う魚だろうかと彼女に尋ねると、多分白魚だと思うと彼女は教えた。では一体この魚は何処で捕れるのかと尋ねると、円山川のような海と川との境に棲んでいるのだと説明してきかせた。

「じゃ、この白魚は出石から流れて来る水を飲んで大きくなった訳ですな」

「ええ、だから、おいしいでしょう?」

食事が終ると、彼女は思い出したように部屋の壁にかかっている汽車の時間表と腕時計とを見較べていた。が、竹野へ行くのに遅くなっては困るからこれで失礼しますと言い出した。僕はまだ話が山ほど残っているような気がしてならなかった。が、別に引き留める術もなく、それではと彼女を駅まで送って行くことにした。彼女は時間を気にしながら忙しげに歩いて駅に着くと、果してもう改札がはじまっていた。

「では、どうも大きに」

「さよなら」

「しばらく、品野屋におりんさりますか」

「さあ」

「是非、出石へも寄っておくれんさいな」

「ありがとう」

「私、明日も明後日も日直で学校に出とりますから」

「………」

「きっとですぜ。今度は、私がうんと御馳走しますから」

彼女は人込みの後に続いてホームにはいって行った。

僕は汽車の出るのを改札口から見送って、駅を出た。焼けつくような日中の街道には人影もなく、尻をはしょった果物売りの婆さんが竹籠を担いで歩いていた。

「梨に、葡萄は、いらんかなあ。……梨に、葡萄は、いらんかなあ」

婆さんの叫んで歩く後に蹤《つ》いて行きながら、僕は一人になった自分をはっきりと意識した。「竹野というのは彼女のどんな親類なのだろう」そんな疑問が湧いて来た。「彼女の夫の里なのだろうか」自問自答しながら歩いていると、何だか彼女は僕の青春をさらって竹野の方へ逃げて行くように思われ、一脈のさびしさがじりじりと胸におしよせて来た。

悄然と一の湯の前まで帰ると、僕はふと立止って浴場の建物を仰いで見た。と、僕はそれまで気が付かないでいたが、古風な歌舞伎風な軒の下には、入口が三つもついているのであった。一番上手の入口には並等湯、その次の入口には上等湯の額が懸っていた。並等湯というのは一口に言えば土地の町民の入る銭湯で、上等湯と言うのは一般湯治客の入る湯なのである。ところがその下手に気をつけて見ねば分らぬ位ひっそりとして、正面からはやや斜めになった側の入口に、もう一つ特等湯の額が懸っているのが目にとまった。

「特等湯！」

僕は思わず叫んで、ひとつそのとびきり上等の特等湯に浸って見ようと決心した。が、ここの温泉場は規則で浴場では湯札を売らない。で、僕は宿へ帰ると女中を呼んで、特等湯の湯札があるかと尋ねた。と、女中は妙ににやにやしながら、

「へえ、ござんすよ」と答えて直ぐに湯札を持って来た。僕は早速手拭をぶらさげて特等湯の

入口を潜った。森閑とした待合室には十三、四の少女が一人手持無沙汰に腰掛けていた。「おいでんさいませ」と少女は軽くお辞儀をし、それから訊ねた。「おひとりでござんすかな」

「ああ」僕が頷くと、

「では、ちょっと此処で待っとっておくれんさい。お湯をたてかえますけえ」

少女は籐椅子を僕に与えて、温泉の湯を茶碗に汲んで差出し、狭い廊下を奥にはいった。僕は成程特等だけあって待遇も違ったものだと悦に入りながら、少女の後姿を見送ったが、次の瞬間、はっと気がついた。と言うのは君、特等湯というのは俗に言う夫婦風呂のことなのだ。が、迂闊《うかつ》とは言え、此処まで来た以上仕方はない。一人で入ってはならぬと言う規則はない。僕は湯をたてかえて再びあらわれた少女に蹤いて奥の一室に導かれた。

「どうぞ、ごゆっくり」

少女が去ると、僕はこれまでその室に通された数知れぬ男女がしたであろう如く、入口の錠をかちんと中からしめおろした。

大理石の浴槽には今たてかえたばかりのアルカリ性塩類泉が溢れながら僕を待っていた。僕は帯を解き猿股を脱ぐとその中にざんぶと五体を投げ入れた。身長五尺四寸体重十四貫五百の肉体が綺麗に澄んだ湯の中に透き徹って、すぐれた芸術家のものした彫刻のようであった。僕は浴槽の縁に腰掛け、太った両股を掌でたたいて見た。それにも飽くと槽《ゆぶね》を這い出し、其処にころがっている木の枕をとって自分の頸《くび》に支え、タイル張りの浴室に大の字にねころんだ。

半分開き、半分閉じた僕の目の中には先程駅で別れた彼女の後姿が残っていた。その姿は十年前学校の二階の教室の廊下ではじめて口をきいた時の姿に変り、それからあの時この時と色々な姿に転回した。

しかし、僕はもう何と言うことなしに不幸な気持ではなかった。その昔「道智とかいう上人が、一切衆生の痼疾《こしつ》を済度せんが為、始めて此の処に屋を構え槽を設けた」という城崎温泉の一の湯の特等湯に、時の経つのも忘れてひとりじっと寝ころんでいた。

それから宿に帰って絵葉書を取り寄せて、君にあの消息を書いたんだが、うん、そんな訳で実は彼女と一緒に湯に浸ったのではない。何だかそんな気もしたから、ああ書いて見たんだ。ああ大分酔いがまわって来たようだ。いや、見合の女のことは又にして今夜はこれから、久しぶりに新宿へでも出掛けて見るとしようか。

〔昭和9（1934）年9月「世紀」初出〕

# 尋三《じんさん》の春

私は尋常六年を卒業すると、高等科にも上げてもらえないで、すぐ百姓にさせられてしまったが、六年の間に五人の先生に教えてもらった。大倉先生はその中の一人である。

そうだ、あれは明治四十五年のことであるから、もう二十何年も昔のことだ。二年生から三年生になる時の私の通信簿は、唱歌と図画と体操と操行が乙で残りはみんな丙であった。親父が受持の先生に呼出されて、落第にしようかどうしようかと威《おど》かされた。親父は繰返し繰返し頭を下げた。それで私は三年生になれることになったのであるが、そのかわり、一日中納屋におし込められてひどい目にあわねばならなかった。日がもうとっぷり暮れてから、親父は扉の外に立って言ったものだ。

「市太め、これから親に恥をかかせんように、勉強するかせんか」

私は中から哀願した。

「する、する、ぜっぴするけん、出してお呉れ」

後年田の水の喧嘩のことで、私は不覚にも相手を殴って、暗い所にぶち込まれたことがあるが、その時ひょっくり、納屋の中の自分と親父の姿を思い出し、世の中というものは、当て嵌《は》めて考えれば、何でも当て嵌めて考えられるものだ、とおもったことがある。

それは余談で、兎も角も三年生になれた私は、新しい教科書を買って貰って登校した。雲雀《ひばり》は空で鳴いているし、桃の蕾は岡の畑でふくらんでいるし、私の心はぴちぴち跳ねていた。その上、学校では二年生の時の受持串本先生が転任になり、新しい先生が来るという噂が拡がっていた。始業式がはじまって見ると、やはりそれは本当であった。串本先生の告別の辞が終ると、校長が新しい先生を紹介した。詰襟服の毬栗頭の新しい先生は、号令台の上に飛び上って挨拶をはじめた。

「僕が只今紹介された大倉です。苗字は大倉ですが、家には大きい倉も小さい倉もありはしません。小さな木小屋のような藁屋があるきりです。家が貧乏だったもんで、麦飯ばかり食って大きくなり、師範学校へ行ったんです。この間学校を出たばかりで、年は二十二で家内はありません。どうぞ皆さん仲よくして下さい」

と、これだけ言うとぴょこんと頭を下げて号令台を飛び降りた。生徒達の間から一度にどっとどよめきが起った。私達はこんな新任の挨拶は初めてだったからである。生徒達は互いに顔を見合わしてびっくりし、ひそかにこの若い先生に親愛を感じた。しかも先生は、私ども尋常三年生の受持になって貰うことにすると、校長が言い添えたのである。式がすむと私達は運動場の一隅に輪を描いて言い合った。

「今度の先生はきっと面白えど」

「面白えけえど怒る時には怒るかも知れんど」

「じゃけんど、怒る先生の方がええ先生じゃど」

「罰掃除をさせるじゃろうか。わしゃ、罰掃除は嫌いじゃど」

「わしゃ、贔屓の方がもっと嫌いじゃ。今度の先生は贔屓はせんと思うど」

運動場の向うの隅に陣取っている高等科の女生徒も、どうやらこの若い先生の噂を喋っていたらしく、中の一人が甲高い声でやけくそに大きく、「年は二十二で家内はありません」と叫ぶと、どっと一度に歓呼の声が空高く舞い上った。

大倉先生の授業がはじまって間もない日のことであった。私は今年こそ納屋に入れられぬように勉強しようと決心していた。けれども、もちろん、学校から帰ると晩までは小さい妹を背負い、時には大きい妹の手までひいて子守をしなければならないし、夜は夜で薄暗いカンテラの明りで紙袋貼りなどしなければならなかったので、家で復習予習などすることは出来なかった。教室で精一杯に緊張するより外なかったのである。私は何より横見をしてはならぬと自ら戒めて、一所懸命に前を向いていることにした。

或る日、それは筆筒も鉛筆も机の上に出していなかったから多分修身の時間であったろう。私は先生の話をきいていると、窓の外の桜の花がひらひらと風に吹かれて本の上に落ちて来た。

掌でそっとはらいのけても、桜の花びらは又ひらひらと机の上に舞い落ちて来た。私はこれは勉強の邪魔になる、と思った。一年生と二年生との時にそういう躾《しつけ》をされていたのである。教室のいちばん南側にいた私は、立ち上って硝子《ガラス》窓をがらりと閉めてしまった。すると大倉先生は喋っていた話をやめて、

「おい、おい、開けといても、かまやせんじゃないか。花見をしいしい勉強するのも面白えじゃないか」

と、私の方を見い見い笑った。私は耳の根まで真赧《まつか》になって、閉めた窓を開け直した。あれは、今思い出しても昨日のことのように頬がほてる。

これより、多分一週間か十日か後のことであった。読方で私達は「私の家」という課を習っている時、先生は次のような質問をした。

「皆んな、自分のことを自分で言う言葉にはどんなのがあるか、知っとるだけ考えて見い」

生徒は首を左右に振ったり、俯向いたりして、考えると、我れ先に湧きかえるように手を挙げた。「先生!」「先生!」「先生!」

次々に指名が行われた。

「はい、じぶんと言います」

「はい、わたしと言います」

「はい、わたくしと言います」

「はい、わがはいと言います」

「はい、われと言います」

「はい、ぼくと言います」

先生はそれらを一つ一つ白墨で大きく黒板に板書した。私も手を上げていたのであるが、一度も指名にあずからず、内心くやしくてならなかった。教室はもとの静けさに帰って、もう誰の手も挙がらなかった。

「もう外にないかな」

大倉先生はあらためて教室をぐるりと見廻した。私はその途端、いきなり右手を高くさし挙げた。

「あります。先生!」

心臓がとんとんと波打った。五十人の級友の瞳がいっせいに私の上に注がれた。先生は静かに、

「須藤市太!」と、私を指名した。私は息をはずませて立上った。

「はい、おらとも言います」

大きく、はっきりと答えて着席すると、級友たちの爆笑が教室中に渦を巻いた。私はその嘲笑に似た渦巻の中で、はじめて自分のへまを感じた。が、一度口から出た言葉は取返す術もない。私は又赧くなって俯向いていると、その時いきなり立ち上って抗議を申し込んだ生徒がある。

「先生、おらと言うのは下品な言葉です。そんな言葉を使っちゃいけんと、串本先生が言われ

ました」

見ると、それは山本医院の二番息子の山本春美であった。山本医院は村一番の分限者《ぶげんしゃ》で、春美は二年生の時までは級長をしていたが、三年生になってからは副級長にもして貰えず、平の生徒になっていた。多分大倉先生が贔屓をしなかったためであったろう。少なくとも私達生徒仲間ではそういう風評であった。級長の職権をかさにきて生徒の並び方が悪いと言って編上靴で（春美は学校中でただ一人靴をはいていた）私達の素足を蹴って歩かないだけでも、皆がどんなに嬉しかったか知れない。

ところで、大倉先生は春美の抗議には何の返事も与えず、素知らぬ顔で黒板の続きに一際大きく、おらと書き添えた。すると、春美はもう一度立って青い顔のうすい唇を前に突き出して言った。

「先生！　おらと言ってはいけんのじゃないのですか」

その語調は、自分の意見を大倉先生にまで強いようとするかのように聞えた。先生は暫く黙ったまま、じっと春美の顔を見据えていたが、

「使っちゃよいか悪いか、そんなことを今しらべとるのじゃない」

小さくはあるが底力のある声で答えて、分厚な唇をぎゅっとひきしめた。教室がしんと静まって咳一つ出なかった。たわいのないもので、全く人間という奴はたわいのないもので、さっきまで私を嘲笑していた五十人の級友は、ことごとく私の味方になったかの如く思われた。その豹変《ひょうへん》ぶりに私はかえって憎らしさをさえ感じた。

そのうち四月が過ぎて五月になり、一年一度の遠足の日が来た。三年生の遠足は毎年笠岡にきまっていた。笠岡というのは村から二里ばかりの内海に面した小さな城下町である。今でこそ米を売りに行ったり、肥料や日用品を買いに行ったり、つい隣のように思っているが、私はその年になるまで町を知らなかった。今では軽便鉄道も出来たし、自転車という便利なものも普及したからそんなことはないが、その頃の私達には一つの夢の国であったと言っても過言でない。けれども私は遠足の朝、親父から五銭白銅一つしか貰えなかった。それは如何にも残念でたまらなかったので、

「三造さん等あ、十五銭も貰う言うとった」

と友達を引合いに出して見たが、親父はとり合ってくれなかった。

「ぬかすな。三造さんの所あ、分限者じゃないか。その割ならお前にゃ一銭か五厘しかやれんのじゃど」

どう返事をしてよいやら困っていると、母親が古簞笥の抽斗をかき廻して、赤銅貨を五つ、そっと私の掌にのせてくれた。

私達は一張羅の着物の上に握飯の弁当を背負い、紙緒の藁草履をはいて、朝早く大倉先生に連れられて学校を出発した。たんぽぽの咲いた県道を白い埃にまみれながら笠岡に着いたのは昼前頃であった。先生は所々で私達を道の傍に佇立《ちよりつ》させて、「あれが商業学校」「あれが郡役所」「これは裁判所といって悪いことをした者を裁判する所」と説明したが、私達はそれよりも初

めて見る町の店の軒先の品物や広告などを右顧左眄《うこさべん》しながら歩いた。物珍しいものがどの店の先にもずらりと並んでいた。店と店との路地の間からは紫色の煙と一緒に、肉や魚を煮る香があちらからもこちらからも匂って来るので、町にはこんなにも分限者ばかり沢山住んでいるのかといぶかりながら歩いた。それは私ばかりでなく、村育ちの素朴な嗅覚をひどく誘惑したらしく、列の最後の方にいた誰かが大声をはり上げて叫んだ。

「先生！　まだ弁当は食わんのですか」

先生はふりかえって、軽くたしなめるように言った。

「うん、よし、ちょっと待て。城山へ上って海を見い見い食おう」

町を横切ると、私達の前に小高い岡が蹲っていた。それが城山であった。古い磯馴松《そなれまつ》の間をくぐりながら、うねうねと曲った、赤土道を私達は登って行った。丁度坂の中ほどまでのぼった時、万歳！　万歳！　という歓呼の声が舞い上った。松の木の間から、五月の空の下に遠くひろがった紺碧《こんぺき》の海が見え出したのである。私はこの時、生れてはじめて海を見た。大きいのにびっくりした。じっと見ていると、今にも跳び込んでしまいたいような衝動にかられた。振返って見ると、今通って来た町の、郡役所も裁判所も何処にあるのか見分けもつかず、町の黒い屋根がごたごた並んでいるのがむしろ可笑《おか》しかった。少し高い所へ上って見ると、大きな建物だって小さく見えるのである。私達は声を張り上げて、万歳！　と咽喉のつぶれてしまうまで絶叫した。

　すると、大倉先生はみんなに言ってきかせた。

「この海はな、瀬戸内海と言うて日本で一番小さい海なんじゃ。まあ一口に言や、海の子供じゃ。太平洋というのや、印度洋というのは、この何千倍何万倍あるか分らん程じゃ」

　私達はもう一度びっくりして、先生に思い思いの奇問を発した。

「そんなら先生、その大きな印度洋と富士山とはどっちが大けえですか？」

「日本とはどっちが大けえですか？」

「ロシヤとはどっちが大けえですか？」

「そんならその海には鯨は何万疋おるんですか？」

　それで私も知恵をしぼってきいて見た。

「そんなら先生、そんな大けな海は誰のもんなんですか？」

　すると先生は答えた。

「もう、そんなに仰山きくな！　先生だちうて、そんな六カ敷いことは分らんがな」

　そう言いながら先生は、私の頭を掌でつかんで左右にゆすぶった。私は幼い時から父母に、あの畑は何某のもの、あの田は何某のもの、と言いきかされていたので、ついそんな質問をしたのに違いない。

　城山の頂上まで登りきると、そこの広場で海を見ながら背中の握飯を開いた。山本医院の春美だけが一人巻鮨《まきずし》を持って来ているのが人目をひいた。大倉先生は矢張り握飯で、私達と一緒に並んで頬張りはじめた。見ると、先生はおかずに目刺を持って来ていた。私達の大半は梅干や沢庵であったが、そこは何といっても先生だけのことはあると、私は考えた。ところが、先生はねちねち噛んで食べるので、いちばん最後になってようやく食べ終った。食べ終ると食い残した目刺の頭を、くるくるっと新聞紙にまるめてポケットにおし込んだ。間髪をいれず、

「先生、それ芥溜場に捨てて来てあげましょうか」

と、山本春美が気をきかした。すると先生は、にっこりと笑って、答えた。

「いいや、ええ。これはな、先生の家にひよこを飼うとるけん、往《い》んでからひよこにやるんじゃ」

食事が終ると自由時間が与えられた。五十人の生徒は、広場の一隅にたっている三、四軒の物売り茶屋になだれをうっておし寄せた。あれほど今まで感嘆した海も、物売り茶屋ほどの魅力を集中しつづけることは困難だったのである。

「小母さん、飴玉を三銭！」

「わしにゃ、ぱちんこを一銭！」

「小母さん、わしにゃ、牛蒡《ごぼう》菓子を二銭！」

山本春美などは煉羊羹のようなものを買って、仲のよいものや力の強そうなものに分配した。すると平生は悪口を言っている癖に、お世辞を言って春美に近づくものもあった。お世辞というものは言われてみると嬉しいものと見えて、春美は一様にこころよく分けていた。私はそれをよそ目に、懐ろから汗ばんだ銅貨をとり出すと、みんなにならって飴玉を二銭買った。それ

をねぶりねぶり次の店に入って煙硝紙を一銭買った。しかし何より私は咽喉が渇いていた。三軒目の店先に立つと、たまりかねて、

「小母さん、その蜜柑水《みかんすい》はなんぼ?」

と、御歯黒の小母さんに訊いた。

「蜜柑水は三銭」

返事をきくが早いか、私は早速蜜柑水を注文した。銭と引換に、その薄緑色の細長い壜のコルク栓を抜くと、甘い香りが臓の腑までしみ透るように鼻をついた。顔を仰向け、壜の口を自分の口におしあてると、白い泡が壜の底に舞い上り、私は咽喉仏を鳴らして、ごくりごくりと一気に飲みほした。「ああ、うま!」思わず声が出た。実際私はこんなにうまいものを嘗て飲んだことがなかったのである。その途端、ふと、「兄さん、笠岡へいったら、土産を買うて来てなあ」とその朝家の前の道まで私を送って出て、そう頼んだ妹の顔が私の目に浮んだ。私はしばらく考えていたが、

「小母さん、蜜柑水は壜ごとでも売ってくれるかな?」と、小声で訊いて見た。

「ええと、壜ごと?　そうじゃな、壜ごとなら、四銭」

小母さんは胸と相談しながら答えた。四銭!　私の心はおののいた。こんなおいしい飲物は家の者は誰もまだ知らないだろう。それを買ってかえって皆んなに味を知らせてやろう。妹のうれしそうな顔がちらちらと目の前で笑った。懐ろをさぐるまでもなく、小遣はあと四銭だけ

残っていた。私はその全部を投じて一本の蜜柑水を受取ると、ひとり松林の中に駆け込み、急いで空になった弁当風呂敷に包み込んだ。松の葉ごしに見える瀬戸内海が今は蜜柑水色に輝いていた。

やがて私達は帰途についた。行きにくらべてみんな元気がなかった。一人おくれ、三人おくれ、自然隊伍も乱れた。追分のだらだら峠まで帰った時、

「こら、お前は弁当を食い残しとるな」

突然声をかけられたので振返ると、大倉先生が口をまげて笑っていた。

「いいえ」

「そんなら、これは何じゃ」

先生は私の背負っている風呂敷包みをぽんと掌で叩いた。咄嗟のことに私は返事に困って、胸をどぎまぎさしていると近くにいた誰かが、「先生、あれ、市やん、蜜柑水買うて来よるんです」といらぬ説明をした。私は思わずさっと頬がほてり上ったが、先生はそのままさっと大股に私達を追い越した。

途中何べんも休んで、疲れて家に帰りついたのはもう晩方であった。私の帰宅を待ちわびて、妹は待っていた。家に入ると、内心得意になった私は、風呂敷包みを座敷の上にころりと放り投げて、

「ほら！　土産じゃど！」と、叫んだ。

妹と母親がいざり寄って来て包みを解くと、中から蜜柑水の壜がころげ出た。すると、土間で縄をなっていた親父がいきなり声をかけた。

「何じゃ、そりゃ?」

私は答えた。

「蜜柑水じゃ!」

そして、自慢そうに親父の顔をながめた。ところが、親父の唇は見る見るうちに歪んで来た。

「蜜柑水じゃ? そがんなもん、貧乏人が買うもんと違うじゃなえか? ——戻して来い。——そがんな心掛じゃけん、学校で丙ばあ取るんじゃ!」

怒気を含んだ罵声がおそいかかって来た。全くそれは予期しないことであった。親父にはそれが葡萄酒かシャンペンかのようにひどく贅沢なものに思われたのであろう。母親のとりなしでやっとその場は救われたけれど私はかなしかった。父親の顔を盗み見しいしい、私の買って来た蜜柑水を茶碗についで飲む二人の妹の姿を、私は、ぼんやり眺めていた。

それでそんな工合に、たのしんで待った遠足もすんでしまうと、もうこれという楽しみもなくなってしまった。が、私はいきいきと学校に通った。大倉先生の授業は屈託がなくて肩が張らないので、生れつき学問嫌いの私も学校に行き甲斐を感じていたからである。第一、これまで発言すれば否定されるにきまっていた私の答えも、おらのように取上げられるのが何よりうれしかった。私は学校から帰って妹二人の子守をしながらも、修身でならった二宮金次郎のように懐ろに本を入れて、野山をあるきながら時々出しては拡げて見たりした。

村一面の麦の穂が黄色く色づいた雨上りの或る日、小さい妹を背負った私は裏の山にのぼって行った。山の雑木林の中で白い梔子《くちなし》の花が匂っていた。私はその上手《かみて》の雨に洗われた石ころの谷から水晶をほり出そうと思ったのである。棒切れで掻き分け掻き分けさがしていると、ようやく豆粒ほどの、しかし透きとおった六角水晶が出て来た。私はそれを大事そうに本の間にはさみ込み、胸をおどらせながらもっと大きいのを見つけようと次の谷に向った。妹は何時の間にか背中で居睡りをはじめていたので、首がくらくら動いて歩きにくかったが、勇んだ私はかまわずとっとと小走りに駆けた。ところが途中で、私はつい赤土に足をすべらせてころんでしまった。あっと撥ね起きて見ると、長い尾をひいて山一杯に泣き入っている妹の泣声が背中から聞えた。私はおおお、おおお、と夢中にあやした。

「おおお、おおお、泣くな、おおお」

間もなく妹は泣き止んだが、今度は、「たァい」「たァい」と訴えるので、私は帯をほどいて土の上におろして見た。妹が小さい手でおさえている額の真中に、爪でひっかいたほどの傷が出来ていた。少し血がにじんでいるので、私は思いついて山畑の方に出て、蛭草《ひるぐさ》(蛭に吸われた時その葉を貼りおくとたちまち癒ゆという草)をさがした。やっと草を見つけると、その青い葉を唾でぬらして、妹の額にはってやった。

夕方、私は裏口から家にかえると、母親は夕飯の雑炊を焚いていた。土くどの上の羽釜からぶつぶつと菜っぱくさい泡がふき出ていた。私も妹ももう傷なんかのことは忘れていたが、仰々しい妹の額の蛭草を見つけて母親が叫んだ。

「おや！　どしたんじゃ！」

私はつい辷《すべ》ってころんだのだ、と気にもとめず答えた。母親は私の背から妹を受取り、蛭草の葉をはいで見ていたが、「大した傷じゃないけんど、でも、額の傷は一寸したんでも、あとが残るんでのう」と眉をひそめた。そう言われて見ると、私も気にかかり出したが、今更どうにもならんことなので黙ってそこにつったっていた。座敷で遊んでいた大きい妹も何時の間にかやって来て、だまって母親の顔と私の顔をかわるがわる眺めた。そこへ折悪しく表口から親父が外から帰って来た。母親は妹の傷を親父の目の前につき出し、この傷は残るだろうか、残らんだろうか、女の子だから気になると自分の心配を父親に分けてしまった。親父はじっとそれを見つめていたが、やがて口を開いた。

「何の傷じゃ」

母親は私が説明したとおりを掻いつまんで話すと、親父は今度は私に向って、もう一度訊ねた。

「何の傷じゃい？」

しかし、何の傷かくわしいことは私にも分らぬので、まごまごしていると、

「ええ？　それが分らんのか？　まぬけ野郎！」

大きな掌が私の頭にとんで来た。

「学校へ行きゃ勉強もしやせん！　子守をさせりゃ子守も出来やせん！」

罵声と一緒に私の頭は大きな音をたててぺちゃぺちゃ鳴った。私は頭を両手で抱えてふらふらと其処にしゃがむと、声をそろえて泣く二人の妹の声と、それを宥《なだ》める母親の声とが、入乱れて聞えた。

それから二、三日後、午後の教室の窓に桜の青葉がさあさあ風に鳴っていた。私達の授業は図画がはじまり、大倉先生は私達にこの時間は人の顔を描けと命じた。先生の顔でも、友達の顔でも、家の人の顔でも、誰のでもよいと言うのである。級のものの大半は先生の顔を写生するのだと、先生を教壇の上に釘付にした。中には友達同士向き合って写生し合っているものもあった。が、私は小さい妹の顔を描こうと思いついた。と言うよりも、この二、三日、私の頭には元どおりになおるかなおらぬか分らぬという、妹の額の傷がこびりついて離れないでいた。画用紙を机の上に拡げると、先ず胸の中に妹の顔を思い浮べ、鉛筆で先ずその輪廓をとりはじめた。消ゴムで消したり直したり、長い間かかってやっと輪廓が終ると、私はほんのちょっぴりこわごわと額に傷の線を引いた。そしてしばらく画用紙を眺めていたが、どうも何だか物足りない。自分の気持とぴったりしないのである。私は思案の末、傷の線の上に蛭草の葉を描き添えた。それから色にとりかかった。私は筆筒から色鉛筆をとり出すと、頬は黄色く髪の毛は黒く塗っていった。蛭草の葉は青にし、又しばらく思案してその傍に大袈裟ではあるが、赤い血を少しにじませた。——と、こう言えば相当うまく描いたようであるが、色がちぐはぐになったり、手垢がついたり、よごれた絵になってしまった。もう一度描きかえたいほどであったが終業の鐘が鳴ってしまったので、皆んなの尻について先生の教卓に持って行くと、先生がたずねた。

「こりゃ、誰だかな？」

「小さい方の妹です」

「この、ここは、どうしたんじゃ？」

「そりゃ、怪我をしたところです」

私は下手な絵を笑われているようで、急いで机に戻ると、周章てて道具をしまって教室を出た。

ところが、翌朝学校へ行って見ると、私の図画は他の四、五人のものと一緒に甲上がついて教室の後ろの壁に貼り出されていた。私はそれまでに図画も書方も甲上を貰ったことはただの一度もない。まして張り出しなどになったことは夢にさえない。私は全く夢のような心地で、みんなに交じって胸をどきどきさせながら妹の絵を見上げていた。みんなはあの絵を見たりこの絵を見たり、うまいなあ、上手だなあ、と感嘆していた。私の顔をみつけると、とくに私の絵を指さして感心して見せる生徒もいた。（生徒というものは貼り出しになった絵は大抵無条件に賞《ほ》めそやすものである）私はてれて皆んなの後ろに肩をちぢめていた。と、だしぬけに、

「あんなもん、何じゃい！　人間の顔と違うがな！」

と、わめく声が後ろから聞えた。私はどの絵のことだろうかと、貼られた図画を見なおして

いると、

「角が生えた牛じゃがな！　ちえっ！」

その声は人込みをわけて壁の根にとび出すが早いか、跳び上るようにして大きな拳骨を張り出しの上にぴしゃりと叩きつけた。あっとおもう間もなく、私の小さい妹の顔は半分にちぎれて斜めにぶらさがった。

「あッ！　らあッ！」

と、思わず発するおどろきの声が皆んなの口から吐き出された。そして二十秒か、三十秒たった。

「誰じゃい？　やっつけ、やっつけ！」

中の一人が叫ぶと、山本春美の頭が皆んなの間をくぐって、扉口の方に逃げようとするのを私は見つけた。「やっつけ！　やっつけ！」つづいて叫ぶ皆んなの怒声の中で、私は自分の妹の顔を半分に裂かれた忿怒がむらむらと湧き上った。私は、思わず机の蓋をつかむと、無我夢中で扉口に逃げた春美を追って駆け出した。

その日の放課後、私と春美とは教員室の隅に佇たされていた。上級の生徒が時々用事で室に入って来ては、横目でちらっと笑って出て行った。私の隣の春美は、私が机の蓋で力まかせに殴りつけた後頭部の瘤《こぶ》を、わざと痛そうに大げさにさすっていた。自分の罪をいくらかでも軽くしようという魂胆であったろう。けれど私は何より大倉先生に叱られるそのことがつらい思いであった。先生は机にもたれて黙ったまま何か仕事をしていた。そんなに長い時間ではなかったのだが、私には非常に長く思われた。

やがて、先生は頤《あご》で二人を招いた。二人は並んで先生の机の前に立った。私は今にも目まいがしそうで、ぐっと二本の足に力を入れてふん張った。と先生は、

「どうじゃ、早う帰りたいじゃろう?」と笑いながら言った。

「はい」二人はうなずいた。

「もう言うことはない。今日の一時間目に皆の前で話した通りじゃ」

「………」

「覚えとるか?」

「はい」

「そんなら、あれ以上言うことはない。帰れ!」

二人は呆気《あつけ》にとられてぺこんとお辞儀をすると、羅紗《ラシャ》の洋服くさい教員室をとび出した。教員室を出ると、春美はもう一度後頭部の瘤を大げさにさすりながら、

「ちえッ!」

と舌打ちして、憎々しげに私をにらみつけた。

そうして何時しか村の田植もすむと、授業は短縮になり、一学期のおしまいの日が来た。五十人の生徒は一人一人教卓に呼び出されて通信簿を貰った。私は胸の動悸をおさえながら、自

分の机の下でそっと拡げて見た。と、あの時以来気になってならないでいた操行が、はっきり甲と読めるではないか。図画も甲である。他の学科はみな乙で算術だけが丙であった。しかし、私のうれしさは並大抵ではなかった。ひょっとしたら大倉先生は私に贔屓をしたのではあるまいかとさえ疑った。通信簿を交換して見せ合おうという友達もあったが、私はそれを拒んで、急いで風呂敷にまるめて包み込んだ。親父に納屋の中へぶち込まれる心配も消えた。二学期になったら、もっと立派な成績をとろうと決心したことは無論である。

　ところで、長い夏休みが果てて九月が来た。九月一日、私達が校庭の桜の木影にうずくまって、二学期の始業式のはじまるのを待っていると、向うから山本春美が駆けて来て、したりげな顔で叫んだ。

「みんな、知っとるか。大倉先生はこの学校を退《と》かれるんだど」

　皆んなはびっくりして砂の上から腰を上げて思い思いに反問した。

「ええ?」

「ほんまか?」

「嘘つけ!」

　しかし春美は唇を尖らせ、自信ありげに言うのであった。

「嘘であるかい。嘘だと思うんなら千円のカケをしよう。ゆんべ、うちのお父さんがお母さんに話しとられたんだ」

「ほんとか？」

「ほんとじゃ。それ、僕等が笠岡へ遠足した時、海の向うの方に小さな島があったろうが。あそこへ島流しになるんじゃ！」

けれども、まだ半信半疑でいる私達の耳に鐘が鳴りひびいて、二学期の始業式が運動場ではじまった。式が終ると、校長はあらためてもう一度号令台の上にのぼり、この度都合により大倉先生は北木島へ御転任になられることになったと宣告した。春美の言ったことが本当なのであった。校長につづいて大倉先生は静かに号令台にのぼって、丁寧にお辞儀をされた。全校生徒の眼がしんと先生の上にいっせいに注がれた。

「皆さん、私は、今日、お別れにのぞんで、言いたいことが、山ほどありますが、胸がつかえて、何も言えません。何にも言えませんから、そのかわり、一つ歌をうたって、お別れの言葉にかえます」

と、先生は、一語、一語、力をこめて言い終ると、

帽子片手に皆さんさらば
ながのお世話になりました
私ゃこれから北木へ行くが
受けた御恩は忘りゃせぬ

……………………

と、当時はやっていた何かの流行歌を改作して歌いはじめた。調子はずれの、日本中をさがしてもこんなまずい歌はないような下手な節廻しであった。が、先生の真剣な歌いぶりは生徒達の失笑をくいとめ、何故か胸をひきしめた。気がついて見ると、先生は本当に片手に古びた麦藁帽子をぶらさげて力一杯声をはりあげているのであった。

〔昭和10（1935）年8月「早稲田文学」初出〕

# 抑制の日

石並銀蔵は市内の公立小学校の教師を勤めていたが、肺が悪くなったと自覚して半年は辛抱した。半年の後去年の末、医師のすすめで辞表を書いた。

彼の身よりと言えば今年三十の細君が一人あるきりだ。その外に財産と言っては田舎の墓場以外に何もない。両親は高等小学校在学中に死んだ。高等小学校を卒《お》えて准教員講習を六カ月受けた。それ以後は独学で上京したのが二十三の春。それから十二年。現在では中等教員の免状を持っている。

彼の療養方針は安静と栄養摂取、それに退職前から厳守している性をつつしむこと。転地は出来ぬので、小さいが日当りのよい二階家を借りた。

『御和服仕立処』

細君は自筆の行書で書いた蒲鉾板を玄関先の板塀に打ちつけた。

「おまえ、ひとのものまで縫える自信があるのかい」

「ええ、時間さえかければ」

「お客があるかな」

「わたしね、あなたの退職金では勿体ない気がしますもの、御化粧代かせげればいいんですの」

「白粉なんかぬらなくたっていいじゃないか」

「だって」

年が明けて、一月が過ぎても、客はひとりもなかった。細君は化粧をしなかった。彼は古道具屋で買った寝台を二階の南の窓際に据えて、療養三方針を旨として暮した。午後になると熱は七度五、六分までのぼることはあったが、大した容態ではなかった。

彼はじっと寝ていたり、また起きて坐ったり、そんな事の中にたのしみを見出した。ぎくぎく労働と勉学に費やした二十年近い月日が他人の垢のように思われ始めた。

ある朝、朝食を運んで上った細君に彼は味噌汁をすすりながら尋ねた。

「豆腐屋はどう言ってこの窓の下を通るか知っている?」

「とっ、とっ、とう――」

「じゃあ、屑屋は?」

「くずィ、くずィ、くずうィ――」

「よく知ってるね」

昼の町を知らなかった銀蔵はへんに感心した。

その時玄関で御免下さいという女の声が聞えた。細君は階下へ降りて行った。

「あのう、今晩までに御願い致したいんでございますけど」

「はあ」

風呂敷包みを解く気配がして、

「この寸法で、おいくらで仕上りますでしょうか」

「はあ、あの、それは、出来上りまして、あとで」

「間違いなく出来ますでしょうか」

「あの、それは、はあ」

「では後程また、主人と相談しました上で。どうもお邪魔で御座いました」

梯子段を二段とびにひきかえして来た細君は、息をはずませながら、

「初商いの大失敗、ああ、男ものの粋な大島なの」

「あんなもんだ」

「でも、パアマネントウエーヴかけて、こういう風に……」

「おまえも、お化粧したらどうだ」

「だって、あなたは何時か、病人を牽《ひ》きつけるな、そう言ってどなったくせして」

銀蔵は黙って膳の生卵をとり、茶碗に割って箸でくるくるかき廻した。彼は一年計画の療養の中、はじめの四カ月で熱をとり去ることにしていた。教員の免状をとるため時間割をつくっ

て勉強したように、中等教員の免状をとるまでは子供は産まぬとそれを実行したように。

そういう律儀な彼が、最近時々洒落めいたことを言うのが細君の心を明るくひろげた。病気で失職した身が、とは思っても、やはり底うれしく、寝台の上の夫の顔を目を細めてまともに見入った。銀蔵にはそれがすぐ反射した。結婚五年間、まだ見たことのない瞳の色に彼はにたりとした。

戦いの相手は大きいほどよい、彼はそう感じた。試験勉強でこつこつ半生をすごした身には思いもうけぬ飛躍だった。

翌々日の晩、銭湯に出かけた彼の細君は、妙な節で歌をうたいながら帰って来た。しばらく階下でこそこそする音が聞えていたが、やがてとんとんと階段を踏んで彼の室へ入って来た。彼女は控え目がちではあるが薄化粧をほどこし、紅までさしていた。そして胸に桃の蕾を生けた琉球焼の花瓶をかかえていた。

「きれいだね」

と、銀蔵は言った。

「いいでしょ」

と、細君は応じた。

彼は細君が床の上に置いた桃の蕾を黙ってながめていたが、思い出して、

「おまえ、さっき、へんな歌をうたっていたが、あれは何?」

「あれ」

と細君はちょっとはにかんだ。

「あれね、それ、私たちの婚礼の晩、皆さん酔って古いのや新しいのやいろんな唄をうたってはしゃいだでしょう。あの時、あなたは、僕は一つ短歌の朗吟をやりますって、ともがみなわれよりえらくみゆるひよはなをかいきてつまとしたしむ、そううたって大喝采博したでしょう。あれよ」

「へんなものを覚えているね」

「でも、風呂からのかえりにこの桃の花買ってる間につい思い出しちゃったの」

「しかし、俺はあんな歌は大嫌いだ。女房と一緒に花をながめてめそめそする風景なんて嘔吐《へど》が出そうだ」

「そう?」

細君は不服そうに口を歪めた。

「拗《す》ねてはいけない」と銀蔵は言った。「未来の女学校教諭夫人! うまく行けば田舎の町立実科高等女学校長夫人!」

するも彼女はすぐ機嫌をとりなおして、

「そうなったら、私、町長さんの奥様とも御交際するのかしら?」

「もちろん。俺はね、お前の買って来た桃の花が大嫌いと言ったんではない。そんな思いちがいで拗ねたりすると、町長夫人は決してゆるしては呉れないぜ」

「はい」

「俺が子供の時分、俺の村には桃の花が村いちめんに咲いたもんだが、随分遠方から花見の客がやって来て、村の狭い道を右往左往したもんだ。腰に瓢簞《ひょうたん》をぶらさげたのや、青い眼の異人や、俺等はそんなものを見物して歩いたもんだが、丘の松の木の下なぞに茣蓙《ござ》を敷いて赤い重箱で飲んだりうたったりするのもいてね、しまいには連れて来ている姐さんを半裸にして踊らせたもんだが、俺はさっきからそんなことを思い出していたんだ」

「まあ」

彼女は口を斜めにして睨む真似をして、

「それはそうと、わたし今晩お風呂で、盲のひとにあったの。とてもおかしかったわ」

「何が？」

「そのひとね、鏡にこんな風に顔を持って行って、こんな風にしてクリームつけるの、それがとても念入りなの。長い間、みんな洗うのを止めて見ていたわ」

「いくつ位？」

「二十か、せいぜい二、三」

「わたしね、丁度かえりが一緒になって、しばらく知らん顔して後をついて歩いたの。だって、あんまり上手にお化粧してるんですもの。それから別れて桃の花買ったの」

数日が過ぎた。細君の化粧は少しずつ濃くなっていくように銀蔵には思えた。

そうしてある朝、あけひろげた彼の病室の窓からは、富士山が白く輝いて見えていた。彼は寝台の上で日向ぼっこをしながら、ぼんやり眺めていると、下の路地に花売りの車がはいって来た。

花屋は「花ア」「花ア」と存在を叫ばぬ。そのかわりチャン、チャンと鋏を鳴らした。内気なのであろう。彼の家に近づくとちらりと銀蔵を見上げたが声はかけなかった。若いのか年をとっているのか、瞬間、あの顔は何かの花に似ているな、と彼は思った。何の花かな、と彼は心に捜した。

花屋の車はタイヤ製であった。すべるように彼の部屋の下を通り過ぎた。車の上には桃の花が三分の一も座をうばっていた。他に木瓜《ぼけ》、猫柳、それから彼の名前を知らぬ西洋草花。

昨夜の雨で路地はしっとりと濡れて、朝の日ざしが斜めにかげをひいていた。その中をチャン、チャン、とすすんで行く花のかたまりは、車の動作につれてちらちらとかがやき揺れた。

やがて路地のつき当りの寺の裏で、花の車は右に曲って見えなくなった。なんとなく物足りぬ、しかし淋しいでもなく、車の消えた丁字路を見つめていた銀蔵は、思い出したように階下におりて行った。

細君は昨日はじめて注文をとった長襦袢を縫い上げて、アイロンをかけていた。

「もう仕上がったの？」

と、彼は声をかけた。

「ええ、案外すらすら運んだわ」

細君はうれしそうに彼を見上げた。彼は薄笑いを浮べて、緋の鹿の子絞りの羽二重《はぶたえ》に目を吸いつけていたが、

「おまえ、ちょっと着けてごらん、見てやろう」

「だってひとのもの」

「かまうもんか」

「でも」

躊躇う細君に、

「着てみろ!」

彼は怒鳴りつけた。細君は彼の剣幕に羽織をぬいで、その上に緋の長襦袢を羽織って、彼の顔色をうかがった。

「いい。上出来だ」

銀蔵は打切棒《ぶっきらぼう》にこたえると、そのまま細君の部屋を出て、玄関の土間に佇っていた。

「ちょっと、散歩してくる」

細君は呆気にとられたように、長襦袢を羽織ったまま追いかけて、

「いいの？　熱が出なくて？」

と、気づかい気に声をかけた。彼は後ろは振向かず、

「いいよ、ちょっと十分ばかり、ほんのそのへんまで」

もう戸外に出ていた。

彼は胸をはって、一つ大きな深呼吸をした。

それからゆっくり、さっきの花の車の消えて行った寺の裏の丁字路の方へ歩いて行った。


〔昭和13（1938）年4月「コギト」初出〕

# 山ぐみ

ことしの八月、私は六歳になる男の子を、田舎の老母のもとにあずけた。東京に万々が一、敵の飛行機がとんで来たら、という風な杞憂からではない。子の父の（つまり私の）生れ故郷がいかに立派であるかを、我子に見せてやろうと思いついたのである。六歳と言えば来年は七歳再来年は八歳、学校へ上るようになったら、そんな余裕はあるまい。母だとて、もはや老齢だから、何時へたばるか、死ぬるか分ったもんじゃない。それに、私の家は疾《とっ》くに借金の抵当に這入《はい》っていて、いつなんどき他人の所有に帰するか知れたもんじゃない。改作さんの性根じゃア、と村の人達もすでにそのことあるを期している。かなしいが、生れつき金儲けが下手なのでやむを得ぬ。しかし、今のうちなら誰が何と言おうが、れっきとした私名義の財産なんだから、生命あっての物種、私は我が子を暫くここに置いて見たい慾望にかられたのである。

「でもあなた」

と妻は反対した。

「田舎で耕一が病気でもした時、みて頂くお医者さん大丈夫かしら?」

「馬鹿を言うな!」

私は答えた。

「でも、田舎には十二指腸だとか、トラホームとか、ジストマだとかが多くって、農村児童の九十何パーセントが罹病している所もあるんですってね?」

「馬鹿を言うな!」

私は答えた。

「でも、耕一がすっかり田舎言葉になって、学校へあがった時、お友達に嬲《なぶ》られたりのけ者にされたりするようなことないかしら?」

「ほざくな、黙れ!」

私は叫んだ。

もともと、この妻は田舎というものを内心軽蔑しているのである。軽蔑しているというのが言い過ぎなら、この女は生れつき田舎というものを知らないのである。この女は仙台に生れ、福岡、神戸、金沢、名古屋と転々し最後に東京に出て来た。

父親が官吏だったのだ。官舎というものに住んで成長した。しかも、父親は士族の出で、昔ならば士農工商、そういう封建思想が、あらそえないもので、未だにこの女の血の中をめぐっている。お百姓さん——などと百姓の上におの字やさんの字をつけて呼んだとて百姓を尊敬したことにはならぬ。否、否、おの字やさんの字をつけなければ自分が承知できないあわれな逆説、その位のことは、一緒に食事をしたり同じ床の中に寝たりすれば、すぐ底がしれるのである。彼女は、百姓は卑賤な職業で、蠅を喰ったり蛆《うじ》を喰ったりして生きている人種のように考えている。彼女は、育ちというものは恐しい。彼女は、ガラス戸のある家に住み、レースのカーテンをおろし、応接間にガスストーブを備え、テーブルの上で客にコーヒーをもてなす生活を理想としている。尤も亭主が貧乏なので、今はそうはゆかず、当分見込みがありそうにもない。その腹癒《はらい》せの如く、彼女は子供の耕一こそは一高から帝大を出し、内務省あたりの高等官にすることを夢想している。時々、それが口の端にでる。そのたびに私はぞっとする。私は、できることなら子供は天然自然を相手にする、百姓にでもなることを、最大の幸福とのぞんでいるからである。しかし実際問題となると、私には耕すべき田畑の一枚もないのだ。田畑どころか、私のこの借家には庭らしい庭さえないのだ。僅かに、トタン屋根から雨漏れの落ちる箇所が、全部合計して二坪半くらいあろうか。ここに、四年前の引越当時、私は夜店から買って来て、ヘチマとトマトの苗を植えたことがある。いずれも十日あまりの寿命で、腐った女の亡霊のように枯れ竭《な》えた。いちんち中、日光の恵みにあずかれぬからだ。ただ、申訳のように、雪の下が殖えもせず減りもせず、じくじくした葉を二三葉ひろげている。

併《しか》し、知らぬが仏。——

これでも、チャンとした庭のように考えている耕一は、

「ねえ、君、こんどは僕んちのお庭で遊ぼうよ」

四、五歳の頃から、近所の子供を引っぱって来て、此処でメンコやママゴトにうつつをぬかした。井戸の中の蛙以上である。それでも、お十時には煎餅が一枚、お三時にはグリコが二粒。そういう、こせこせした表情は、六歳にもなれば、この子の顔にありありと、こびりついて来るのを、私は見た。

何だか、我が子もろとも、トマトの亡霊みたいになってしまうんじゃないか、そんな胸をしめられるような気のした私は、

「ねえ、耕一、田舎へ行こうか」

或る日、こう言葉にした。それは、ことしの四月ごろのことであった。

「田舎！　うん、行こうか。田舎へは流線型の汽車で行くんだろう」

耕一は、何もかも心得たように答えた。親の心子知らず、ほんとはちっともこれっぽちも知らない癖に、と私は思った。要領だけは素敵なのである。たとて、わしは信用せぬぞ、なんだ、子供の癖に今から生意気に江戸弁などつかいやがって、いくらお前が江戸弁をつかったって、お前の祖父や曾祖父は、山の中の百姓っぺだったんだぞ。ちゃんとお前の父のこのわしが知っておるぞ。……と私は思った。

江戸弁ばかりではない、その後気をつけていると、この子はもう漢語をつかっているのであった。「全部」だとか、「責任」だとか、「安心」だとか、「失敗」だとか、「秘密」だとか、「絶対」

だとか、それに西洋言葉の「ニュース」「スマート」。私は呆然とした。このような言葉は、私どもは中学の三年生になっても滅多につかいはしなかった。たまにつかっても、ぽっと頬を染めた。なんという、不肖の子であろう。末おそろしさに、私はがたがたふるえた。

瓜はめば、田舎おもほゆ、麦はめば、まして忍ばゆ、何のため出で来しものぞ、東京に、借居すまひて、安寝《やすい》しなさぬ。

妻さへが、百姓の子と、あなどれど、吾《あ》には田もなし、畑もあらなくに。

歌の才はないが、何故かたまらず、私は感慨の一端をこんな古歌にもじって、日記のはしに書きしるした。

そして、八月十三日。やっと、耕一は妻につれられて出発した。夕立のようで、その癖なかなか霽《は》れぬ雨が、降っていた。近くの省線電車の駅まで、私は送った。駅にはサラリーマンの女房の群が、傘を二本ずつ提げて主人の帰りを迎えていた。
「行ってまいります。父ちゃん、さようなら、シッケイ！」
新調の水兵服姿の耕一は、妻の手にすがって、勇ましく陸橋をのぼった。のぼりながら振り

かえり、

「父ちゃアん、ぼく田舎へ行ったらいいものを沢山おくってやるから、大人しく待っとりなよ」

声をはりあげた。電車の発着時間は一分間にも足らぬので、送別の気分を喫する暇はない。が、電車が見えなくなると、とうとう行ったか、という虚しい気持は残った。というより、これぽっちのことに、四月以来あれこれと金の算段に頭をなやました自分がかえりみられた。

ひとりびとり、自分の主人を見つけ出しては、若い細君が雨の中をかえって行く。なかには折角持参した二本の傘の一本はつかわず、しきりに何かささやきながら、相々傘でかえって行くのもある。

「茄子《なす》を下さいませんか」

帰途、八百屋の店頭に佇って、私は大きな声で言ったが、おかみはツンボなのか、素知らぬ顔で夕刊の小説を読みふけっていた。

「明日の朝の味噌汁にしたいんですから、一つか二つで結構なんですから、何とか都合して頂けませんか」

私は哀願するようにたのんでみた。が、

「…………」

おかみは頑固に黙っていた。

此の夏は、東京はじまって以来、野菜不足だとは知っていた。が、こんなに商人の根情までが枯れ朽ちているとは想像のほかであった。何んとか彼んとかブツブツ言いながらも、どこからか野菜を見付け出して来ていた妻の手腕が思いやられた。いざ、いなくなって見れば、早速こんなことに不便を感じた。ひとりで蒲団をのべ、蚊帳をつり、せいせいしたみたいに大の字に寝そべったが今頃は沼津かしら、静岡かしら、と私の心は妻と子のあとを追うていた。

妻からの手紙。その一。——

お見送りありがとうございました。東京駅は心配した程でもなく、皆が規律正しく整列し、列を乱す人もなく、耕一はリュクサック姿りりしく、私たち母子はイの一番に九号車に乗り込みました。ご安心下さいませ。耕一は、「お父ちゃん、独りで淋しいだろうなあ」と繰り返し繰り返し言っております。ではお留守をよろしくお願いします。発車のベルをききつつ東京駅にて。

妻からの手紙。その二。

その後、耕一は横浜でアイスクリームを食べ、それから朝まですやすやと眠りました。京都で目をさまし弁当を買い、二人でたべました。食べながら、「お父ちゃん、独りで可哀そうだなあ」と言いました。が、大阪あたりからそろそろ汽車に飽きはじめ、「田舎はまだ?」「おばあちゃんの家はまだ?」「僕はもう降りるんだ」と駄々をこねて困りました。

やっと、N村に着いたのは、午後の四時頃でした。バスの発着所に、二時ごろから母上がお出迎えで、待っていられました。ご挨拶する暇もなく、耕一は駈け出して土橋の袂の四つ角まで来ると、チョッと振り返り、正しく左の道を択びました。オヤ、ちゃんと知っとるが！と母上がびっくりなさいました。カンと言うのでしょうか、それからはもう稲田の中の一筋道を小犬のように行ったり帰ったり、走りつづけでした。途中であの新調の靴の底に釘が出て、跣足《はだし》になりました。家にかえると、母上が前の果園からとってきて下さった桃を七つ、ぺろりと平げました。「田舎はいいなあ」「これ一つお父ちゃんに送ってやろうか」と言いました。それから耕一はおばあさんに負われて、近所の家へ牛と豚を見にでかけ、晩には私と一しょに裏の五右衛門風呂にはいり、「かわいらしい風呂だなあ」「母ちゃん、おばあちゃんの家はお風呂屋さんなんだね?」とたずねました。東京で銭湯しか知らないからでしょうか。田舎は何もかもが珍しく、「僕、もう東京なんか帰らないよ」と言っております。母上も大喜びでお正月頃までならあずかってもいいと言っておられます。詳しいことは又次便にておしらせします。

八月十四日夜

そして八月三十一日。妻はひとりで十八日ぶりに帰京した。この日も、東京は雨であった。ひょっとしたら、耕一も一緒かも知れぬと思ったが、矢張りひとりだった。お母ちゃんはポンポが痛いから病院へ行く、と言ったら医者ぎらいの耕一は、僕はおばあちゃんとお留守してる、と答えたのだそうである。妻は十八日の間に見違えるほど肥えていた。その間、私は一度定食食堂へ行ったが、腐った魚を食べさせられ、三日も下痢した。その後は朝昼晩、馬鈴薯と玉葱ばかりの自炊ぐらしをしたので、何かと心も飢えていた。

「ご苦労だった。長旅だったから、疲れたろう。早く風呂にでもはいってお休みよ」

こんな思いやりのある言葉が出た。何だか、こんどの田舎帰りで、妻は心が素朴になり、私の田舎を見直して来たようにも思えた。

六年ぶりに、夫婦ふたりきりの寝床が敷かれたが、子供のいないのは歯のぬけたようにさびしく、それを補うかのように、妻は床に入ってからも、耕一が田舎でああしたこう言ったと、思い出し思い出し話した。

「じゃが、（おばあちゃんの家はお風呂屋さんなんだね）はなかなか秀逸だったね」

と、私が妻の手紙を思い出して言うと、

「いいえ、あれはね、五右衛門風呂のことじゃなかったの。あとで分ったんだけど、あれはね、田舎のお家は藁屋根で、屋根の上の破風から、ご飯を炊く時、煙がもくもくと上るでしょう。だからあんなに煙が出る家はみんなお風呂屋さんかと思ったのよ」

「なるほど、それは尚更傑作じゃないか」

「まだ、可笑しいったら、——田舎のお家の茶の間ね、あそこに一間間口の押入があって、あの中の棚に茶碗だの丼だの仕舞ってあるでしょう。あの戸をおばあちゃんがお開けになったら、途端に耕一が、(おばあちゃんのお家の茶ダンスはでッかいんだね)って、それはほんとに目を皿のようにしてびっくりしたのよ」

「ほほう。でッかい茶箪笥か。そいつはますます傑作じゃないか」

私は感動して涙さえこぼれた。(そうれ見ろ)(そうれ見ろ)(おれの故郷を見ろ)私は子供のように叫んで見たい衝動にかられた。新婚当時、三越で買ったガラス張りのチャチな茶箪笥など、一思いに打ち毀してしまいたい衝動にかられた。——そしてこの夜、私の心は一晩中、一種異様に満ち足りていた。

然し諸君。

しょせん人生は侘しい。色即是空、空即是色、という言葉もある。今日、十月二十日、朝、田舎の老母から郵便で小包がとどいた。母は無学な上にもう目がうすいので、手紙など殆んどよこさぬのだが、小包を開けて見ると温州蜜柑が十一ころがり出た。一目みて私は、ハハア、これはうちの中庭の井戸端のほとりにある、あの木になったものだな、と納得した。いずれ家屋敷が人手に渡る時はむろんこの木も一緒に渡さねばならぬ。母が私の幼時でも思い出して送ってくれる気になったものであろう。

「おや、これは何かしら?」

こう言って、妻が蜜柑の間から、小さな木の枝をつまみ出した。

「それは、山ぐみだよ」

私は見て答えた。

「そうだ、そうだ、おれの田舎ではあさだれって言うがね、今頃それが山へ行くと沢山野生しているんだ。子供の時、おれなんかもよく捥《も》ぎに行って、食べたもんだよ」

すでに郵送の途中、山ぐみはしなびれていたが、母が蜜柑の小包をする傍で、耕一がこれを食べながら、その一枝をちぎって中に入れている様子を私は遠く想像した。が、私は市内へ金策の用事があって、約束の時間もせまっているので、そのまま急いで外に出た。

金策は九分どおりの約束にもかかわらず、相手がまた寝返りをうって、不首尾におわった。ぐったりして帰って来たのは、夕方近くであった。

家の玄関を這入ると、そこはもう座敷である。私はそこにだらしなく寝そべって、蜜柑を頬張っている妻の姿をみとめた。

「何だ、もう食べているのか」

私は苦々しい声で言った。

「え」

と妻は悪いところを見られたと言う素振りで振り返った。

「まだ青いから、もう四、五日おくと甘くなるんだがなぁ」

「でも、わたし、このごろ酸っぱいものが欲しくって欲しくって。ひょっとしたら、あれかも知れないわ。ごめんなさいね」

「あ、あ、あさだれはどうした」

「うん」

「ああ、あれ！　あれは棄てちゃいましたよ」

「棄てた？」

「ええ」

「馬鹿な奴！」

私はとうとう、我慢がならず呶鳴りつけた。

「馬鹿な奴め！　あれは耕一がわざわざ小包の中に入れて送ってくれたんじゃないか！　それを無慙《むざん》に捨てるなんて……」

私はもう息せき切っていた。一日、抑制していた感情がもろともバクハツした。

「おい、コラ、お前には親思いの我が子の気持さえ分らんのか！　あれは耕一がお父ちゃんに送ってやると言いながら小包の中に入れて呉れたんだぞ！　少しは人間人情というものを解さぬか！　三十五にもなりやがって！　だから女の腹は昔から借物だと言うんだ！　折角高い旅費をつかって、田舎へ行って一体お前は何を見て来たんだ！　非人情にも程がある！　どこの貧乏士族の娘かは知らぬが、昔は人殺しが商売だったこの冷血士族のなれの果め！……」

自分の語気に自分は昂奮した。あられもない罵言雑言が、痰唾《たんつば》のように吐き出された。それでもなお足らず、私はついにこの世の一切の忿怒を撃滅するかの如く、妻の頬桁《ほおげた》めがけて突入した。

畳にへばりついて、妻は泣いていた。

私は、自ら痛む右腕を左手でおさえ、勝手口に出た。

勝手口の軒下には、古ぼけた木製の塵芥箱がおいてある。蓋をとると、私は乞食のように首を突込んで中をさがした。やっと、小包の包装紙や台所の厨芥《ちゆうかい》に交って、山ぐみの小枝が、まだあるのを、私は見出した。山ぐみは、腐った厨芥の湿気を吸って、いくらか生気をふきかえしていた。実が十ばかりついていた。赤い果皮に雲母色の斑点のある、その一つをちぎって、私は口に入れると、酸く渋い液汁が、舌の先から足の裏まで沁みるように流れた。そのほろ苦い味を、私はしばらく奥歯のなかで核の髄まで、カリカリと嚙みつぶしていた。

〔昭和16（1941）年12月「日刊文章」初出〕

# 氏神さま

町を出ると道はゆるい坂道で、だらだらの勾配が半道もつづいている。正助はそのだらだら道を子郎の手をひいてのぼりながら、左右の丘の冬景色を眺めた。丘の段々畑には麦が一、二寸青く芽をのばし、畑のところどころの畦《あぜ》に植えた茶の花が白く咲き残って、丘の麓の民家の家先には枇杷《びわ》の花が葉がくれに覗いているのも見られた。

「ね、父ちゃん、ここが田舎?」子郎が正助の色あせたトンビの裾をひきひき訊ねた。

「うん、そう。ここが田舎だ」

彼はこたえながらも、半分は上の空で、十年ぶりに見る故郷の風景にあかず見とれた。わけて、この内海の港町に面した丘の畑は明るく、段々畑の頂には枝をぶち切られた桐の幹がニュッと虚空をついているのが、誰かの名画を彷彿とさせた。枝のない桐の胴体は無愛想ではあるが、それだけに一層つやつやと精気をみなぎらせ、冬の日に輝いている姿が、都会ぐらしの彼の感情をそそった。

正助と子郎の親子は、昨夜東京を出発し、今日これから二里、彼の生れた村を訪ねて行こうとしているのだった。五歳の子郎は汽車が東京駅を出ると早速鼻の頭を硝子戸にくっつけ、新橋品川と夜景色にはしゃいでいたが、そのうち彼の膝にもたれて眠りこけた。が、目が醒めると汽車に飽き、名古屋辺りから列車が停車場にとまるたび、此処が田舎？　田舎はまだ？　と連発し、男親の彼をてこずらせ、とうとう大阪では、僕はもう降りるんだ、ここが僕の田舎だ、と勝手な駄々をこね喚《わめ》きたて、子は泣き親は打つといった醜態さえ人前で演じた。それだけに、長い二百里の汽車をすてた父と子は、各々何かほっとした、水入らずの気持になれていた。

けれどもああ田舎――田舎とは、彼等親子にとってはいったい何なのであろう。一年前、つまりそれは去年の大晦日のことだったが、彼の妻のハツは日がくれてから子郎をつれて新宿の街へ正月の買物に出かけた。その留守の間、神経痛が持病の彼は六畳の部屋に炬燵をいれ、子と妻の帰りをぼんやり待ちあぐんでいた。が、母子は十時になっても十一時になっても戻って来ず、やがて十二時になり、隣家の半井さんの茶の間からどんどんと寒気をふるわして太鼓の音が鳴り始めた。屈託した彼は新聞を引寄せ、滅多にみたこともないラジオ欄をのぞくと、それは遠く九州の「宮崎神宮除夜祭の実況」が終って、「紀元二千六百年の黎明を告げる大太鼓」が、大和の橿原《かしわら》神宮から中継されているのだった。はっと襟をかき合せて、彼はその寒々と身のしまるような太鼓の音をききながら、こういう時には自家にもラジオがあってもいいんだがなア、と箪笥一つないがらんとした家の中を見廻した。

彼はラジオは不断どちらかと言うとうるさい方だが、四年前の或る夏の夜、その時分彼は沼袋に住んでいたが、遠くベルリンからオリンピックの日本選手の活躍を伝える海外放送が行われたことがある。その時は声も小さかったので、彼は隣家との境の生垣に首を突込んで泥棒のように胸をふるわせて盗み聴きしながら、自分の家にもラジオ欲しい思いにかられたことがあった。そしてその後も、群馬県鏑川《かぶらがわ》の渓流で鳴く可憐な河鹿《かじか》の声とか、三河の鳳来寺山の山の中でなく浮世はなれた仏法僧《ぶっぽうそう》の声とか、中継されるたび、自家にもラジオ欲しい思いにかられるのであった。が、そういう衝動も結果としては、いつもその日ぐらしの貧乏の中に一抹の泡と消えていた。

「たゞいま——」

玄関の戸ががらりと開いて、子郎が勇ましい声で叫んだ。その声に、彼は炬燵から半身をおこすと、母子はもう座敷にあがって襖をあけ、子郎はねんねこに負われたハツの背中から、赤い奴凧《やっこだこ》をのぞけてニコニコしているのが目にとまった。その嬉しそうな顔を見ると、馬鹿に遅いじゃないか、と先刻から待ち受けていた言葉も咽喉もとで消えた。ハツはこの寒いのに頬を赤く染め、額には汗さえ流して、大晦日もどんづまりになった投売りの雑沓の中で、一銭でも安いもの廉いものと物色して歩いた有様が思いやられた。

いつになく機嫌の悪くない父親の顔をさとく見抜くと、子郎は今乗って帰ったばかりの省線電車の快感が身体の中に残っているのか、早速六畳と四畳半の間の襖につかまり、ひとりで電車ごっこを始めた。駅長が時計を見る動作も、車掌が笛をふく真似も、一人で受持って、そしてガシャンポ、ガシャンポ、と口の電車が走るのだ。彼は面白くそれを見ていた。が、子郎は何時までたっても止めようとはしないばかりか、段々興がのると、そのガシャンポ、ガシャンポ、ガシャンポ、と電車の驀進《ばくしん》する状態の表現は、こんな幼児にもそんなに息が続くかと思う程の長さで続けた。それは聞いている方で却って息が切れそうな、真剣さというよりもむしろ何か気の小さい男の酔狂を彷彿とさせた。と、彼は骨肉を分けた我が子の姿があわれになり、

「ねえ、子郎、子郎、――そのガシャンポ、ガシャンポ……シュウっていう、シュッてのは何だい？」

と、気をかわす為よびかけると、子郎は、えッ、という風に振り向いたが、咄嗟にはどう返事してよいか途惑って、彼が微笑をうかべている目に行き合うと、

「ねえ、母ちゃん、シュッて言うね、シュッて。電車の戸がシュッて言うね」

と、着替えをしているハツに真顔で救いをもとめた。

「ああ、そうか、エンジン・ドアの音か」彼はわざと納得のいったように大きく叫んで、「そうだ、そうだ。シュッて言うね。――さ、だから父ちゃんが御褒美に抱っこしてあげよう。そら……」

と、炬燵の掛蒲団をめくると、子郎は本心はまだ電車ごっこに未練が残っている素振りだっ

たが、癇癪《かんしやく》持ちの父親の威厳を怖れるかのように、不承不承に炬燵の中に辷り込んだ。滅多に子供を抱いたことのない彼は、子の心臓がどきどきと動悸をうっているのを自分の体に感じると、それを鎮めるかのように静かな調子で、話題をそらして子に話しかけた。

「ね、子郎、さっき、どん、どん、どん、どん、とラジオが鳴ってたのを聴いた？……あれは何だか知ってる？」

「知ってらい」

「なんだ？」

「あれは、遠くのいなかが鳴ってたんじゃないか。そうだよ、ね、母ちゃん」

「うん、そうだ、そうだ。あれは遠くの田舎が鳴ってたんだね。うんそうだ、そうだ」

彼は感心してくりかえした。もちろん子郎は、ハツが説明にこまって窮余の一策で教えた通りを舌たらずに覚えこんで言っているのに違いないのだが、幼児のいう簡単で茫漠としたいなかという言葉から、彼は自分の生れ故郷を目の前に思いうかべた。山の中の村の、村はずれにある土塀が崩れたままの一軒の百姓家——今は人手に渡ってどんな模様に変ったか知れぬけれど、それだけに、飯をたくと煙の出る屋根や、広く大きな土間に据わった黒いへっついや、井戸端に生え繁っている雪の下や、胸に描き出して暫時しみじみしていると、「ねえ、あなた、一本つけましょうか」台所の方からハツが浮々した調子でよびかけた。

「ああ、いいね。今年は二千六百年とかで、おれの生れ年だ。ひとつお前のお酌でお祝いしてもらおうか」

ほんの二、三分のことだが、子郎はもう彼の胸にもたれて眠りこけていた。眠った子を彼は不器用な手つきで炬燵にねかせ、しばらく酒の用意のできるまで、子の寝顔をながめていた。妻があなたの寝顔と子郎の寝顔は瓜二つだと言ったことがあるが、自分の寝顔はこんなのかと苦笑がうかんだ。平べたい鼻とぽかんと開けた口、どう贔屓目に見ても英雄豪傑の面影には間遠く思えた。ばかりでなく、色の冴えない顔全体に青みをおびた憂色が漂って、それが彼の胸をしめつけた。

五年前のこと、――彼はまだ三十歳そこその若さで急に原因不明の神経痛が突発、足腰がたたなくなり、四谷にある或る小さな病院に入院したことがある。この時彼はその病院の看護婦見習に来ていたハツに糞尿の世話までかけているうち、二人は出来合ったのである。出来合ったと言えば人聞きはいいが、小説などによくある清い恋愛があったとはかりそめにも言えぬのだった。二人は或る夜或る公園の木陰で身のふり方の相談をしていた。ところが、神罰というか悪運というか、二人は風紀紊乱《びんらん》の嫌疑でぐわっと警察にもって行かれた。もって行かれて嫌疑はすぐ解けたが一晩暗いところに彼は抑留され、それが間もなく同宿者の口から世間にひろがってしまったのである。すると今度は、仮初《かりそめ》にも教職にあるものが警察に留置されるとは言語道断だという上司の見解となり、彼はあっさり首を切られてしまったのであった。

そういう羽目の中で二人は家をもち、ハツは子郎を分娩したのだった。ハツの不安ははげしく、子は産んでも出るべき筈の乳は出ず、この世に出ると早々子郎は腹が飢えてぴいぴい泣きつづけた。父親の彼は失業の上に、わざわざ銭まで出してけだもの、、、、の乳を買わねばならぬのであった。深夜に起きて牛乳を温めているハツを見ると、神の恵みの滋味も知らぬ子や妻があわれになり、彼はぽいと家をとび出し、安物の泡盛焼酎をあおることも覚えた。帰ってくるとむらむらと持って行き所のない鬱憤をあびせた。するとその声におじけて赤ん坊の子郎は、尚も大きな悲鳴をあげて泣き叫ぶのであった。

当時の半狂乱の自分をおもいだし、彼は子の物におびえたような憂鬱な寝顔にそれが影響しているのではないかと胸をしめつけられていると、

「はい、どうもお待ちどおさま」

先刻からいそいそと炬燵の上に、ごまめ、数の子、蒲鉾などの皿をはこんでいたハツが、銚子をとりあげて言うのが聞えた。瞬間彼の心は途惑ったが、ハツは一張羅の洗いざらしの白い割烹着をしめ、お太鼓の上に紐をきゅっと結んだ姿が、何か正月らしい新鮮な感じを与えた。仕事にいそしんだ後の頬がまだほてっていて、何故となく田舎娘のような初々しさにかがやいて見えるのも、近頃珍しいことであった。余念をはらいのけるように、彼は二、三杯つづけさまに猪口《ちょこ》をほすと、腹の虫がきゅきゅと鳴って、彼自身よりも先に上等酒を廉く精選して来た彼女をほめそやした。それに応ずるかの如く彼の顔もぽっと紅潮してくると、

「いい酒だ。お前も一杯いただけ」彼は猪口を妻の前にのぞけた。――(それは、偶然なこと

だが式なく結婚した二人の最初の献酬であった)

そして、ざっとこんな工合に彼は三十七歳の新春を迎えたのであったが、(しかも、女のハツは今年はあなたの生れ年だからきっといいことがあると予言したりしたのだったが)いいことというものはなかなかないもので、それから十九日目の一月十九日、彼の子の子郎はお隣の半井さんへ遊びに行き、縁側から混凝土《コンクリート》の沓脱にころげ、頭に瘤をこしらえたのであった。とは言うものの、実際は低い一尺ばかりの縁側だし、子は帰るとすぐ泣きやみ、出血もなかった。よくあることで瘤は内部の器官を護るため必要あって出来るもの、彼は大臣大将の出世譚に子供の時生瘤が絶えなかったという逸話など思い出し、かえって呑気にかまえていた。ところが、三日たっても五日たっても瘤は凹《へこ》まぬばかりか、へんに腐った熟柿のようにずやずやして来たので、念のためハツが町内の内科医につれて行くと、これは大変だ、脳漿《のうしよう》が出とる、手術をせねばいかん、そうだなあ、この大手術の出来る人は日本で、ともかくわしの手には負えんから大学病院へでも行きなさい——そう言われてハツは帰って来た。治るのか治らんのか、——彼が荒々しく妻に訊き返すと、それが治るのは治るけれど、ともすると癲癇《てんかん》の原因になると仰言《おつしや》るの、二年間のうちに発作が起きなかったらそれで大丈夫だそうだけど、——ハツは今にも泣き出しそうな顔で彼を見あげた。

もう夕方だった。大学病院は朝にならぬと開かぬので、夫婦はやむなく不安のうちに一夜をあかした。彼はもうハツの子守の失態を詰《なじ》る気力もなく、ぐったりと自分の骨がばらばらになったような気持で、学校の運動場や教室でくらりと引っくり返り、手足をもがき口から泡をふいている一人の子供を目にうかべた。それが自分の子であってみれば、親はどんなに哀しいことであろう。一層のこと生徒が書方の清書を中途で破りすてるように、ペリッと引き裂いて新規にやりかえてやりたい衝動にかられた。

が、翌る日は晴天で省線電車がいつものように動いていた。それが何か信じられぬ嘘のように思えた。彼は勤め先の学校を休み、子と妻をつれて大学病院にでかけた。長い間冷え冷えとした待合室で待って順番がくると、恰幅のいい五十過ぎの博士は、くどくどと経過を報告するハツの言葉を遮るように、子郎の頭を大きな手でかかえ、瘤を指でおさえた。そして一寸後ろをふり向き、左右に控えている学生に目で合図すると、一人の学生が進み出てあやうげな手つきで子郎の頭にさわり、おろおろの独逸語《ドイツ》で何か答えた。教授は黙っていた。次のもう一人の学生が同じ動作をくりかえした。が、教授はやはり黙っていた。数人の学生の目と目が探るようにかちあい、その日は慌しく教授と患者に乱れ交錯した。

「……の用意」

博士は看護婦に冷然と何か命じた。命じておいて博士は学生に何か独逸語で子郎の講義をはじめた。全国でも有数の権威らしく、冷徹そのもののような語調に、大学生が小学生のように佇立して聞き入る神妙な表情が、ひとりでに彼を厳粛にさせた。が、やがて看護婦が何か用意のできたことを告げると、子郎は次の室にある寝台につれて行かれた。そして太い注射器様のものでで頭の瘤の汁をぐいぐいぬきとられた。それは、博士自身の手で実に鮮やかにあれよあれよと言う間に行われた。博士は赤黄色の汁液をじろりと睨みつけて見ていたが、では明後日に、と看護婦に言うとその場をはずした。その瞬間、癲癇は、と彼は咽喉もとまで出かかったが、声には出ずに終った。痛みよりも恐怖で繃帯を顔にまく看護婦をてこずらせ、まだ泣き止まないでいる子を叱り叱り、彼は消毒薬の匂いはげしい室を出た。

「ねえ、あの先生威張ってるのねえ。わたしたちには何にも言って下さらないじゃないの。いったいどんなのかしら」病院を出るとハツが言った。

「お前明後日きいて見るといい」彼は怒ったように答えた。

その翌々日、ハツは、今日こそ私が診断の結果をきいてくるんだと力んで出かけたが、期待は外れた。予期していた教授は影も姿も見せず、別の愛想のいい若い医員が子郎に冗談を言いながら簡単な手当をし、繃帯をとりかえて呉れただけで、脳漿や癲癇のことになると返事をにごし、又明後日と言われた。明後日行くと又明後日と言われた。とうとう何が何だか要領を得ぬうち、金算段も思うにまかせぬまま、病院行きは何時とはなしに跡絶えた。全くそれはへんなことだったが、へんなことでよかった、これは明らかに町内医の誤診というもので、本当に脳漿が出ていたのでは、もう少し何とか副作用があった筈だ、彼はひとりでそう判断をくだし、妻にもそれを言い言いして、誤診でああよかったよかったと胸をなでおろした。

所がまもなく四月三日、神武天皇祭の休日、前にも言ったように神経痛が持病の彼は、五月半ばまでは炬燵が必要で、殊に木の芽時は危険が多く、その日も六畳の部屋の炬燵に尻をくべ、横向きになって妻に腰をもませていた。尤もその日は特に言うほど悪かった訳ではなかったが、坐骨の心《しん》がしくしく発作の前兆のようなものを自覚していた。又そういう時の癖で、神経がいらいらし、彼は何となく妻のいたわりを欲した。朝の間、家から十町許《ばか》りの小川まで子郎をつれて芹摘みに行って来た妻の体には、まだ芹の匂いがほんのり漂っていた。その匂いが懐かしく、彼は、俺は此の年になるまで恋愛らしい恋愛をしたことがないのは悔しいから、今年はひとつ十六、七の恋人でもこさえて武蔵野が散歩して見たいものだと言うと、あなたのような屁っぴり腰では、その娘さんの後から歩かなくちゃ一ぺんに逃げられますよ、今の若い娘はそりゃ現金だから、ハツも負けずに応酬したりしていた。そういう冗談に夫婦が現《うつつ》をぬかしている最中であった。突然、子郎が家から半丁ばかりのあたりで母親を連呼する泣声が聞えた。その徒《ただ》事《ごと》ならぬ呼声にハツは炬燵を蹴るように玄関に飛び出た。そして、彼女は顔中を涙だらけにしている子郎をひったくるように座敷に抱き上げたが、まだ事の真相は分らなかった。まるで青鬼赤鬼が喧嘩でもしているような醜体で二、三分、やっと彼女は子郎が左の腕に事故を起しているのを見とめた。急ぎ着物をぬがしてみると、子の小さな左腕は赤く血走ってぐんにゃり飴棒のように曲っているのが目を衝いた。が、彼は真正面には見つめていられず、

「骨が脱《はず》れたんだ。骨接ぎに行ってぐっとやって貰えば直ぐ治る。——こら、子郎、泣くんじゃない」

棒立ちになって怒鳴るように浴びせた。

桜の蕾もふくらんで、何となく人の心も浮々し、日の丸の旗のはためく町へ、ハツは古ぼけた着物の上に子郎を背負い、地べたを這うような恰好で接骨医院を捜しに出掛けた。先の大学病院の事もあるし、彼はわざと鷹揚に家に残ったが、一人で家にいると却って不安が萠した。家の前の道に出、それから子郎が先刻まで遊んでいた近くのお寺まで足をのばした。どんな所でどう怪我をしたか、知って見たいのであった。お寺の境内には辷り台と砂場とが幼小児のために設備され開放されていた。そこでうじゃうじゃ砂まみれになって遊んでいる同年輩の子供に、

「あのね、あんた達、さっき子郎ちゃんが何処で遊んでいたか知らない?」と訊くと、

「子郎ちゃんか。え? 子郎ちゃんはあの裏の方から泣き泣き出て来て、もうさっき帰っちゃったよ」

彼が迎えにでも来たと思ったのであろう、年上の小学生がとび出して来て教えた。

「そう。どうもありがとう」

彼は寺の裏にまわった。が、寺の裏にまわって見ると、そこは古材木が乱雑に積まれただけの薄暗いような湿地で、幼児などの来るような場所ではなかった。何をしに子郎は一人でこんな所へ這入って来たのか、彼はへんな気がしてそこに暫く佇っていたが、気がつくと古材木には錆びた五寸釘が幾本も突き出ていて、はっと胸がすくんだ。子郎はここの何処で転んだのかは分らぬが、まかり間違えばあの古釘で頭をがっと突き刺されなかったとも限らない、そう思

う と彼は身がぞくぞくして急いで家の方へひきかえした。

「あのね、矢っ張し脱臼ではなくて骨折なんですって。でもこの位の怪我、子供だから直ぐ治るんですって、……」

一時間も長い時間が経って、帰って来たハツが彼に伝えた。彼女はもう一安心したのか案外落着いた顔で、子郎にはちゃんとキャラメルなどあてがって、機嫌をとっているのを見ると、

「そうか、御苦労。なアに、腕の骨折くらい柔道の道場なんかじゃ始終あることさ。心配はないよ」そう叫ぶように言うと、彼ははじめてほっとした気がして来た。

けれども、子郎はこの夜イタイヨウ、イタイヨウ、イタイヨウ、とまんじりともせずに泣きつづけた。医者も今夜は大人でも声に出して泣くと予告したそうだが、その泣声は叫ぶのとも違う、嬌《あま》えるのとも違う、訴えるのとも違う、何か鉱物か植物が泣いているように聞えた。痛みと泣声とが渾然一体となって、誇張もない駆引もない感に徹した子の哭声を彼は隣室でききながら、——いっそ骨折と決れば、子の哭《な》くのもそれが快癒に至る一つの過程であるものを——度胸を大きくして高鼾《いびき》で眠ることの出来ぬ自分の脆弱が悲しまれた。愚かな父母の不注意から、子の肉体を傷つけたことが、とりかえしのつかぬ悔恨となって、やっぱしこの子は出生が神にめぐまれず、けだものの乳などで成長したから、骨の組織も人並より脆《もろ》いのだろうか、結局考えはそこへ落ちて、彼の胸はきりきり針でさされるように疼《うず》くのであった。

けれども何時とはなく春がすぎ、夏がゆき、秋が来ていた。そして秋ももう深く、彼の借家

り起した。
の周囲には虫の鳴声も、殆ど跡絶えた或る宵であった。炬燵にうたたねしている彼をハッがゆ
「ねえ、ねえ、——子郎ちゃんが今、あなたの寝言を言ってたの。早く起きないから聴けない
のよ」
「何と言ってた?」彼はたずねた。
「それが可愛いったらないの。父ちゃん、母ちゃんをいじめちゃ嫌だよ、嫌だよって頼んでい
るの……」
「嘘、言え」
彼はふいと又横になった。
併し、彼の機嫌は肉体精神とも悪い方ではなかった。否、彼はその夜心が久し振りに素直に
なれていた。夕方、勤めから帰ると、埼玉県深谷に住む旧知の飯村章吾が一葉の印刷私製ハガ
キを寄越していたのが原因である。そのハガキには次のような文面がしるされていた。
「長女美枝(享年四歳)死亡の際はいろいろ御配慮に預り、また葬儀のときも遠路のところわ
ざわざ御焼香下さいまして誠に有難うございました。略儀ながら書状を以って厚く御礼申上げ
ます」
これだけの文面の上に、文面の二倍の大きさを取って幼な子の死顔のスケッチが写真版で挿
入され、(九月二十八日、午后三時三十五分深谷丸石病院ニテ美枝疫痢ニテ死スルノ図)とい

う文字もはっきりと読まれた。
飯村は彼とは三年ばかり前同僚として僅か二ヵ月間、割に親しくした間柄で、彼は図画の教師だった。が、その後交際はなかった。だから彼はこういうお礼の葉書を貰いながら、実はその長女の死を初めて知ったのであったが、初めてと言えばかれが深谷に住んでいることも初耳であった。けれども彼は古い記憶をたどって、飯村がいつか自分は赤ん坊と家内が病気がちで困る、それでどこか田舎へ越したく今千葉方面を物色しているところだ。自分の通勤には不便だがやむを得ない。そう彼に話したことがあるのを思いおこした。かれはその後その言葉を実行して千葉ではないが埼玉の深谷へ移って行ったのだろう。そうして三年の月日がすぎて折角転居の甲斐もなく愛児を亡くしたのかと思うと、彼は涙ぐまれた。飯村の悲しみが目の前に浮び出て、かれも恐らく三年前の短期間の同僚であった彼を思い出し、愛児の三十五日にこういう葉書をつくり、彼にも頒《わか》ち寄越した心のありかが思いやられた。

うつせみのいのちを四つと生れ来て
いにし子もありこほろぎのなく
魂《たま》きはるいのちを四つと生れ来て
父よ母よと呼びし子あはれ
こほろぎも鳴かなくなりぬこの秋を
友が夫婦はふたり寝ぬるか

彼はこの夜こういう歌を紙片にかきしるしていた。作歌の修業はなく、見様見真似で作ったに過ぎなかったが、通り一片の悔み状を出すより、章吾もきっと喜んでくれそうな気がし、そんなことが彼の気持を純粋にさしていたのである。

「ねえ……」ハツがまた彼を呼んだ。「その飯村さんの奥さんて幾つくらいのひと?」

「さあ、飯村君が俺より四つ五つ若かったから、奥さんはそれよりもう四つ五つ下というところかな」

「きれいなひと?」

「さあ、俺は会ったことがないから知らないが、病身だと言ってたから美しいひとだろう」

ハツは電燈を低く降ろして、子郎が七五三のお祝いに着せるため、彼の古洋服を解いて、それを子供の水兵服に仕立て直しているのだった。その鋏の音や布地の音をききながら、彼は自分の子供は今年二回にわたる骨の怪我もともかく無事に切り抜けて来たことが、飯村の哀しみにくらべれば、何千倍か仕合せにおもえているのだった。

飯村章吾は、彼の弔歌に俳句を作ってよこした。かれも亦《また》俳句の素養はないにちがいないのだが、その嘘いつわりのない実感は紙背にあふれていた。

切張に叱る子もなき秋の風

無理をいふ子もなき膳の柚味噌かな

こぼれたる飯見て泣くや石蕗の花

皇居前の広場で「栄《はえ》ある二千六百年」の式典が行われた。曠古《こうこ》の盛典の菊花をちぎり取った女性があると新聞がかきたてた。けれども奉祝の五日間は昼酒もゆるされ、丁度その翌る日が七五三に相当した。子郎はハツが再製の水兵服を身につけ、玉串料を一円つつみ、母親に手をひかれ、町内にある氷川様に参詣した。玉串の多寡や衣服の美醜に拘らず子と付添は拝殿に坐り神官の祝詞をき、御酒をいただき、次のものに交代した。境内には物売が店を張っていて、子郎はよその子と同様長い色紙の包みに入った飴を買って貰ったが、家にかえり着くまでに中味はなくなっていた。

そういう報告をハツからききながら、彼はその晩、炬燵の中から月を眺めていた。月は丁度満月で、満月がお寺の銀杏の上に大きくのぼっていた。そのまんまるい月を見ていると、別に理由もなくけちがつけて見たくなって彼は言った。

「しかし、七五三だなんて、おかしなもんだね。俺なんか一度もそんなことやって貰った覚えがないぞ」

「わたしもないわ」ハツが吃驚《びっくり》したように言った。「ああら、ほんと、……でも私の田舎じゃ、てんからそんなことしないんですもの」

「俺も見たことも聞いたこともない。だから変だと言うんだ。田舎の百姓っぺの正助と同じく田舎の百姓っぺのおハツとの間に生れた子が、江戸っ子の真似をして七五三、七五三と仰々しく騒ぐなんて、さ」

冗談を言っているうち、彼は、彼が生れて百日目、七五三なんて洒落れたものではなく、母の背中におぶさって、村の鎮守様に参詣した日のことを想いおこした。それは、家の中庭の井戸端にある雲州がほんのりうれ初めた日だった。母は手織木綿の青みがかった縞の着物を着て、その匂いが彼の鼻をついた。家を出て少し行くと土橋のところで、ミイ小母さんに出逢った。あらもう正助さんのモモカですかな。早いもんですなあ。とミイ小母さんは彼の目の前に顔をよせ、コレ、コレ、と手をふってあやした。彼はちょっと恥ずかしい気がして、母の背中に顔をうずめた。母の手にさげた重箱にはむしたての赤飯が詰められ、その上に麦藁の箸が幾本かのっていた。お宮につくと母はそれを神様に供え、どうか正助がマメで大きくなりますように、大きくなったら米俵が三俵かつげますように、と瞑目した。瞑目がすむとパチパチと力をこめて手をうち、又瞑目した。

その時母は二十一であった筈である。そして本当は幾ら何んでも生れて百日目のことを彼が覚えている筈はないのだが、色々の連想作用が、彼の子供の時たびたび見かけたそういう情景が、何か毒々しい七五三などよりも、不思議な真実感をもってなつかしく描き出された。

「こら、子郎、田舎へ連れて行っちゃろか。田舎はいいんだぞ。そら、いつかお正月に太鼓がどんどん鳴ってた所さ」

彼は部屋の隅で飴の紙袋の鶴亀の絵を切って襖にはって遊んでいる子によびかけた。が、彼はまだ本心からではなく、自分の気持の一端をごく手近なところで言ってみたに過ぎなかった。

父母も家もない単に戸籍上の原籍地へ子供を連れて行くなんて、実際は空漠無稽に等しいことであった。ところが子は彼の言葉を耳にするが早いか、

「ほんと——？」

と、大きく一声叫ぶなり、まるで電気にでもかかった人形のように、鋏も紙袋もすててはね上り、中腰になって両手を膝につき彼を見据えた。その角力《すもう》でも挑むような恰好で、平べたい鼻をひくひくさせながら、睨むように笑っている我が子の姿に、彼は却ってたまげた。

子のいなかという言葉に対する概念は、太鼓がどんどんと鳴っている所から、僅か一年足らずのうちに、彼の知らぬ間に飛躍成長をとげていたのであった。近所の小学生が八月になると、家族のものに連れられて、田舎へ田舎へと行ったり来たりするのを、子郎は自分の目で見て来ていた。又そのいなかからは季節季節の品物が、梨や柿や林檎などの包みが、郵便屋や通運から運ばれて来る有様も自分の目で見ていた。そういう宝の山を自分ひとり指をくわえて見て来た事実がどんなに羨ましかったか。父親がそこへ連れて行こうかと言った言葉にどんなに胸を躍らせたか。それはその翌る日一日のうちに、子郎が近所隣の遊び友達に一人のこらず自分の田舎行を吹聴してあるいた事実で知られた。

子郎の田舎熱が俄然沸騰した。

——ねえ、父ちゃん、田舎へは何時行くの？

子郎はその日から同じことを毎日飽きもせずに繰返した。

——父ちゃんの嘘つき。ぼくお友達に嘘いったらセップクなんだよ。父ちゃんはもうせん、こんどの日曜には連れて行くって言ったじゃないか。父ちゃんの嘘つき。

狭い路地で子供の戦争ごっこがはやっていた。鉄兜のある子が戦勝軍になり、そうでない子が敗北兵になり、最後は捕虜になったり切腹したりするのだ。

——ね、母ちゃん、ぼくにも鉄兜買って。

敗北兵になるのが悲しく、母親にねだると、

——駄目です。子郎ちゃんは今年は病院へ通ってうんとお金がいったんだから。そんな無理なこと言うと、父ちゃんもう田舎へつれてって下さいませんよ。

ハツは田舎を逆用した。

そうしてざっと、こういう日が二十日余りも過ぎてから、動作のにぶい彼はやっと田舎行の臍《ほぞ》をかためた。最初は近郊まで遠足に連れ出して、子供をごまかそうかと思わぬでもなかったが、彼の良心は何故か姑息な手段を排斥した。子供に嘘つくことの非もさることながら、子の父である自分の生れ故郷を我が子に見せてやるのは決して無駄でないばかりか、親の義務のように思われて来たのだ。こんなせせこましい路地でなく、天然の山や川を舞台に、捕虜もなく鉄兜もなく、堂々と広い青空の下をはだかで遊渉した少年の日が、彼にはあった。親の彼にあったものが子の子郎には無い。無いからこそあの立派な故郷を一度子に見せてやるのだ。子郎が生れて僅か五歳で、もう二度も骨の怪我をしたのにひきかえ、親の自分は三十七年間、ただの

一度も骨折などという大それた損傷なく来たのも、皆あの大自然のお蔭のような気がし、今あそこへ連れて行ってやることは、この子の今後の損傷を（癲癇のことは判然しないが、万一疑いが残っているとすれば、その二年間の癲癇の発作の懸念も）未然に防ぐてだてのような気がするのだった。

そうして彼等父子はいま、彼の年末休暇を利用し、嘘から出た真実のように、故郷の地にふみ込んでいるのだった。

「何処までお出でんさりますかな？」

だらだら坂を登りきった所にある茶店で狐鮨《きつねずし》を注文し、古びた縁側の汚れた座蒲団の上で子と向き合って食べていると、茶店のおかみが黒ずんだお茶をついでくれながら言った。おかみは五十過ぎのでっぷり太った体格で、彼は見覚えがあったが、先方は知る筈がなかった。

「日山まで行きます。……僕は日山の生れなんです」

おかみがさっきから子郎のつかう東京弁に微笑していたので、彼はつけ加えた。

「日山はどちらですかな？」

「山戸です」

「へえ、山戸のお生れですか。そりゃア、ええ土地にお生れんさったなあ」おかみが言った。

彼はそれを最初おかみが客商売のお愛想で言っているのだと思った。が、話しているうち、十年間も村の消息に接しなかった彼は、山戸からも事変以来ずいぶんの出征兵士を出したが、まだ唯の一人も戦死者が出ていないという事実を知らされた。こんどの事変ばかりではなく、日清日露の役《えき》にも誰一人戦死して帰ったものはない。それというのも山戸は土地がよく、あそこの氏神様は昔から玉よけ上手な神様だからじゃ。ここの店へもちょいちょい寄って呉れる伊八さなんか、日露の時満州で足をうたれて敵に囲まれたが、伊八さは度胸をきめて死んだ風をしていた。するとロシヤ兵が大きな足でどしんと蹴って見て、がやがや言いながら向うへにげて行った。にげるにはにげたが、目をあけて見るとこんどは味方の居所が分らんことになってしまった。困って居ると白い鳩が一羽おりて来て、こっちィ来いこっちィ来いいう所作をして、よちよち歩き出した。それで伊八さはその鳩の後について歩いて行くと、ちゃんと味方の居るところに間違わず出られた。それというのも山戸の氏神様は大の氏子思いで、氏子の命が危ないと思うと直ぐあすこの鳩を使いに出しなさる。そうしてお助けなさる。だから山戸にはいまだに戦死ちうもんが一人も出て居らん。あんたは自分のお生れがあまりええので、かえってお知りなさらんのじゃろうが、あんた、此の頃じゃ、あんたの所の氏神様のお蔭を受けよう思うて、五里十里の遠方からでも仰山ひとが参って居りますんですぞな。……

彼は傾聴した。丁度日露役当時生れた彼は、その後の平和になれ、古いことも知らず此処まで帰ってこういう話を耳にしようとは、実に意外なことであった。意外なことだけに、かえって夢のような気さえするのだった。

自分も一人子供を戦地に送っているというおかみが涙をふきに奥へ立って行っている間、彼はぼんやりと往来一つへだてた松林を見ていた。松林のはずれにこの店の車井戸がある。深い掘貫井戸で棕櫚の綱を五、六十尋《ひろ》もたぐらねばならない。彼は二十六、七年も前、尋常三年生の時はじめて港の町へ遠足し、その行き帰りにこの井戸の冷たい咽喉のきれるような水を飲んだことがある。それを思い出し、眺めていると、峠の坂道を喘ぎ喘ぎ自転車で登って来た一人の青年が、ガチャンと店先に自転車を投げかけ、その井戸の水をうまそうに口飲みし、又自転車にとびのって坂を下って行った。

「それで、あんたは東京で何が出来よりますかな?」涙をふいて奥から出て来たおかみが話題をかえてにこにこしながら言った。

「僕ですか、僕は……」と彼は言った。「僕は小学校の教員をやりよります」

「そうですかな。そりゃよろしゅう御座んすなあ」とおかみが言った。

「いや、別にええちうこともないんですが……」

答えて彼はもう一度車井戸の方へ目をやった。文部大臣や大学教授ならいざ知らず、小学校の教師をやりに態々《わざわざ》東京まで行かなくても、小学校ならこの辺にいくらでもありましょうが、とおかみに打切棒に突込まれそうな気がしたからである。彼自身、始終東京の小学校教師達をみながら、それをいつも不審に思っていた。何を好んで田舎をすてて東京の小学校教師になって齷齪《あくせく》しているのだろう。が、彼もその一人なのであった。しかも彼は以前のことがたたって、又病弱で、小学校教師の中でも、普通の訓導というのでなく、代用教員というのだった。その代用教員もちゃんとした職場が極ったのではなく、人々は彼のような代用教員のことを円タクとか廻しとかいう代名詞でよんでいた。多くは女教員が産前産後の休養で学校を休んでいる間、補欠で一、二カ月ずつ授業をし、又次の産前産後の方へ移動して行くのである。東京は広く、そういう口が次々に待っており、当局も亦彼のような存在を大いに必要とした。不思議といえば不思議なことで、前に述べた飯村章吾と彼とが知合になり、久しく消息が跡絶えていたのもこういう事情によるのであった。

「じゃ、子郎、ぼつぼつ出かけるか」

店の土間の曲突《くど》(3)から出て来た三毛猫を、なでたり、さすったりして、珍しがっている子に彼は呼びかけた。

父と子は峠の茶店を後にした。勘定を払う時になって、彼は何か言いそびれたことを言うように、実はこの子はまだ百日《ももか》のお宮参りが済んでいないから、これからお参りしてやろうと思っているのだが、就いては小母さん、オミキがあったら五勺か一合でいいから分けて貰えますまいか、とたのむと、おかみは瞬間けげんな顔をしたが、意味《わけ》がわかるとすぐ快諾して呉れ、サイダーの空瓶になみなみ一杯つめ込んでくれた。それを手にさげて歩きながら、彼は何んということなく涙ぐまれた。おかみの親切な心にくらべれば、何かけちくさい、人に胸の全部をさらけ出せない、都会ずれのしている自分の性根がはずかしまれた。

峠の茶店から一里半、父と子が村に着いた時、十二月末の短い冬の日はいつしか暮れようとしていた。日山の部落の山の上に沈みかけた太陽が二人の影を細長く麦田の面に投げかけた。麦田の麦は僅か五、六分芽をのばしたきりで成長をやすめていた。海岸とは二里の距離だが、峠一つで気候の差は目に見えるほど相違があるのだ。

二人は県道から里道に折れ山戸の山裾を氏神さまの方へ向った。氏神さまは山裾から更に六、七町、松林の中をのぼらねばならない。彼は心が急いて来た。流石の小春日和も、夕方になってうすら寒い風が吹き出した。それが足の爪先から敏感に痼疾の神経痛にさわった。けれども今日は仮初にも癇癪なぞおこしてはならぬ、そう自戒すると、やさしい声をつくり、いたいけな足で彼に従いて来る子の足を、我が足のように激励した。途中、山から木の葉を背負って帰る村の女に数人出会ったが、誰も彼を土井新兵衛の息子の土井正助と気づくものはなかった。「おしまいんセ」「おしまいんセ」ただこう村の習慣で人と人とが晩方すれちがう時にする挨拶を交わした。

「子郎、そうら、来たぞ。ここがお前の田舎だ！」

粗笨《そほん》な社殿の前に立つと彼は叫ぶように言った。急な石段を登ったので彼の心臓は喘いでいた。けれども彼は、昨夜、東京を出発以来、何十度か、子に訊かれつづけたいなかの存在をはっきり言ってのけたような気がした。

「へえ、ここがボクの田舎！　父ちゃん、ボクの田舎はいいんだねえ！」子郎が叫びをあげた。

が、彼はその瞬間、子郎が彼の癇疾から来る神経質をおそれて、彼の意向にそむかぬようにお世辞を言っているのを見ぬいた。何もここまで来て、五歳の幼児が父親におもねることはないではないか。彼は何んということなく腹が立って来たが、今は腹を立てる時ではない、ないと繰返し自制すると、

「さ、子郎、神さまを拝もう。この神様は、こんなでもそりゃいいんだぞ。そうら、拝もう」

トンビをはね脱いで其処におくと、うやうやしく直立不動の姿勢をとって、子郎にもそうせよと命じた。そして、

――神さま、わたくしの体が強くなりますように。

――カミサマ、ワタクシノカラダガツヨクナリマスヨウニ。

――心も強くなりますように。

――ココロモツヨクナリマスヨウニ。

――骨が丈夫になって怪我をしませんように。

――ホネガジョウブニナッテケガヲシマセンヨウニ。

――大きくなったら米俵が三俵かつげますように。

――オオキクナッタラコメダワラガ三ビョウカツゲマスヨウニ。

ぱちぱち、ぱちぱち、と父子の柏手をうつ音が、あたりのひっそりとした空気をゆるがせて聞えた。

祈念がおわると彼は心がすぐくなったような心地で拝殿に上った。山の風雨にさらされた質素な拝殿には、彼が子供の時見覚えのある古びた絵馬が、旧態依然と懸っているのが目にとまった。彼はそれを一つ一つ仰いで眺めた。何んというこれは昔に変らぬ故里の絵馬の姿であることであろう。農村は没落だなんて、もっともらしいお題目をとなえたのは、いったい何処の誰だったのか。しょせんは土に齧《かじ》りつき、しがみついていたものの勝利ではなかったのか。……

「父ちゃん、一銭頂戴」

拝殿の鈴をならして、ひとりで遊んでいた子郎が、寄って来て言った。彼は拝殿の板の間に坐骨が冷えぬようにトンビを敷き、その上に胡坐《あぐら》をかき、峠の茶屋のおかみがくれた好意のオミキを頂いていた。冷《ひや》ではあるが一度神の口付のあった酒の味は又格別で、一口一口体があたたまるにつれ、腰の痼疾もやわらぎ、彼の目もとはうっとりとしていた。

「一銭——？　一銭、何にするんだ？」

「おたいてん上げんだよ。だってボクもう一ぺん投げたいんだもの」

「何だ、お賽銭か、……ようし……」

彼は勢いよく叫んで、袂をさぐった。そして、赤銅貨を一個つかみ出すと、子の掌にのせてやった。子はうれしそうに賽銭箱にかけもどり、かちんと金属性の音をひびかすと、又しばらくは鈴を鳴らす音が聞えた。

「父ちゃん、もう一銭」

「ようし……」

彼は何度となく、若干の時間をおいては袂をさぐらされた。そのたんび、子は賽銭箱にかけだし、鈴をふり鳴らした。赤と白との引布はうす汚れて一見朽ちたように見えるのだが、鈴はにごりのない、素朴ないい音色を出して鳴るのだった。

その鈴の音をききながら、彼はちびりちびり独酌をつづけた。酒はサイダー瓶に一本だが、そのつもりで呑むと却って豊富で、彼は子供の要求が少しも面倒くさいとは思わなかった。いやそれどころか、二度が三度、三度が四度と、だんだん調子がはずんで来るのは子よりもむしろ彼の方で、彼は子の言うことなら今はどんな無理でもきいてやりたい気持だった。それと正比例して冷酒の酒精分は彼の胃壁から血管に吸いこまれ、ぐいぐいと巡って来るのが気持よく感じられた。

そうして何回目かの時。——

「父ちゃん、もう一銭」

「よっしゃ、……」

彼は飛上るように大きな声で叫びかえしたが、叫びかえしたものの、財布の中には既に銅貨も白銅も一つ残らずなくなっていた。彼は妻に借りて来て余りつかいなれない女持ちの財布を逆さにして振って見たが、やっぱりもう一個もなかった。一個ぐらいどこかにころげ落ちてはいないかと、トンビを二、三度ばたばたふるって見たが、それらしい音も起らなかった。彼は非常に残念な気がした。折角ここまで二百里来て、高がたった一銭のことで、何もかもが粉微塵になるような気がした。こんなことなら、峠の茶屋で少々こまかいものに替えてくるんだった、と彼は歯をかみしめた。そんなことに歯ぎしりする自分がじれったく、彼の手は無意識に財布の横のひらきからキチンと四つに折りたたんだ虎の子の札を一枚さっとひきぬいていた。

「こんなカミ、つまんないや」

父の周章てぶりを傍からながめていた子郎が言った。そして子は彼ののぞけている札を受取ろうともしないのである。そのはねつけたような態度に、

「バカ！　つまらないことがあるか。これは一銭なんかよりうーんとでっかいんだぞ。蠟石だったら百でも千でも万でも買えるんだぞ」彼はむきになって、怒鳴るようにあびせた。

「ホント？」子郎がもじもじして彼を見上げた。

「ほんとさ。父ちゃんはぜったいに嘘は言わない。嘘を言うと神さまに叱られます」

だんだん優しい声になって彼が言うと、子は父の言葉を素直にうけ入れ、わざとおどけたような恰好で札を頭の上でふりふり、小走りに賽銭箱の方へ駆け出した。

そうして、どの位時間がたったであろうか。――

「ね、父ちゃん。もうオウチへ帰ろうよ。ね、父ちゃん。ボクもうお家へ帰りたくなっちゃった」

さびし気に子郎が来て言う声に、彼はやっと腰をあげた。

もう、オミキは最後の一滴もなくなっていた。此処の山懐ろの氏神様だけには、いつまでも

残っていた黄色い斜陽も、いつの間にかかげって、薄墨色の闇があたりいちめんにおりていた。ほろ酔いの彼はもう一度自分で元気よく拝殿の鈴をならすと、子のつめたい左手をひいた。子郎は彼の右手をにぎった。そうして親子は夕靄のただようている石段を元きた方へひきかえした。彼の左の足先が普通よりも外側へそれている不恰好な歩き工合が、子の子郎と同じで、それをはたから見ると、丁度蟹の横這いに似ていた。けれども、二人はその蟹の横這いのように拙く、転ぶんじゃないよ、うん、転ぶんじゃないよ、うん、と言い交わしながら、一つ一つ石段を降《くだ》って行った。

〔昭和18（1943）年3月「文藝」初出〕

# 幸福

今日はお酒の配給が一合ありました。満州から帰って約五十日になりますが、お酒の配給は今日がはじめてです。尤も配給といっても、普通の家庭用というのではなく、ホーショー用とかいうのだそうで、つまりこれは、ぼくの家内が麦を一俵供出したので、その賞品だということです。

「せめて二合あるといいんだがなあ」

ぼくが独り言のように呟くと、

「だって麦一俵につき一合の割ですから仕方ありませんわ。秋助さんなんか十二俵だから一升二合もらわれました」

家内は得々と説明しました。

尤もどんなに言われても文句は言えないわけで、ぼくが、

「一寸満州へ行ってくる」

と言って、満州の旅にでかけ、ぐずぐずしているうちに無条件降伏になったので、ぼくの家内は、生活難——と言って悪ければ、生活救護——から百姓をはじめたのでした。つまり愛する夫からの扶助はなくなり、生死も不明、可愛い子供のために農耕労働者となったのでした。どんなに彼女がぼくの仮初の旅を恨んだことでしょう。想像に余りがあります。

しかしぼく自身にしたって、

「これはひでいことになったもんだ」

と、ソ連が日本と戦争状態に入ったというラジオを宿屋の帳場で聴いた時には、腹の底からうならざるを得ませんでした。満州と日本との距離が、十倍も千倍も引き離されたような心地がして、ちょっと下駄ばきで散歩にでも来たつもりのぼくには、打撃も大きかったわけです。ぼくは咄嗟にこれは大連か釜山まで逃げることだと決心しました。けれども現実はなかなかそう簡単には進行してくれないものです。汽車は既に軍の許可なくては乗車が不能になっていて、徒歩で歩こうにも足の弱いぼくなんかには、東京から横浜へ出るように手軽にはまいりません。どういう風の吹き廻しか、風にころがる木の葉が、庭の隅で焼かれるみたいに、ぼくは満州くんだりまでやって来た自分の運命を嘆きながら、とある行きつけの十銭スタンドへ飲みに出かけました。

「よう。えらいことになったね」

先客の詩人の逸見猶吉《へんみゆうきち》(4)が声をかけてぼくを迎えました。

「よう。えらいことになったね」

と、ぼくも応じました。いや応じたのではなく、二人は殆ど同時に同じことを言ってしまいました。しかしそれからしばらく、二人の間に会話はとぎれてしまいました。

「千代ちゃん、君は疎開しないのか。新京でがんばるつもりかい」

ぼくは十銭スタンドの千代ちゃんに尋ねてみました。

「おかしくって。小父さん。いま疎開してるの、どんな人たちだか知ってる」

「知らんネ」

「ちえッ。関東軍の腰ぬけ将校が、可愛い女房や子供を、軍用列車で逃がしてるんじゃないか」

「そうかネ」

「そうかネ、なんて、とぼけないで頂戴。わたしが言うのもし嘘だと思ったら新京駅へ行って見ておいで。いったいあれは何ちうざまなんだ、見ておいで。いやしくも国を護るが務めの軍の将校が、われわれ一般人民をすてておいて、自分の家族をいの一番に避難をさすなんて馬鹿げた無茶が、いったい何処の国の軍隊にあるものか」

千代ちゃんは、だんだん、私に向っておこって来ました。私は一杯やりながら、だんだんこわくなって来ましたので、

「おい、逸見、——今の、ほんとかい」

と、隣でのんでいる逸見に声をかけてきました。すると逸見は、

「――」

黙ったまま、いつもの彼の癖でうんと深く顎でうなずいて、暫く憂鬱な表情をつづけていましたが、

「おい」と咽喉がつまったようにぼくに呼びかけ「おれは、さっき、子供にハラの切り方を教えて来たところだ」と言いました。

「――」

ぼくが暫くだまったままでいると、

「だらしないね。おれは見たよ。日本人のだらしなさを。今度はおれも見届けたよ」

逸見は詩人らしい句調で、ひとりでうなずくように言いました。

「うん」

とぼくは答えました。答えて、子供運の悪い彼の家庭のことや、新京の日本人のいやに静まり返ったような動揺の有様を、胸の中に思い浮べていますと、

「よう」と声をかけて、作家の北村謙次郎が、

「えらいことになったねえ」

と言いながら入って来ました。

三人は、期せずしてその時の状勢を、えらいことになったと表現した訳であります。それより外に誰にしたって言いようがなかったのでありましょう。又三人は期せずしてここの酒場に

集まって来た訳であります。ここに来れば三人のうち誰かがいると見当をつけたために外なりません。そのころ三人は、軍部なんかの驥尾《きび》に付さない純文芸誌の計画をたてていました。当時として、それはなかなか六つカしい事でありましたが、題も「飛天」ときまり、逸見は表紙もすでに描きあげ、創刊号に百枚の詩を書くんだと力んでいました。北村は三十枚の随筆を書くんだと言い、ぼくは五十枚の小説を約束していました。内に蔵するものは文学の報道班化に対するはげしい怒りであったのは勿論ですが、ぼくたちは、この酒場にあつまって、世の文士の堕落を幾度愁嘆し合ったことでしょう。しかし今は雑誌の計画も愁嘆も、万事無期延期となってしまったのでありました。

その日、三人がどのような結論に達したか、結論はありませんでした。ただ酒を飲んで別れただけであります。逸見と北村は各々家庭へ帰って行きました。ぼくは一人で宿屋へ帰って来ました。そうして一人になって、その日二人の親友と話し合ったことを思い起して見ると、話したことは十分に思い出せないけれど、「ばたばたするな」「ばたばたしても仕様がない」と、満州生活十年の先輩がぼくに言っているような心地がするのでありました。

ぼくは、ぼく達が十年近くも住んだ高円寺の家は戦災にあって、今は田舎に疎開している自分の家内に手紙を書くことにしました。

いとしいぼくの妻よ。とうとうえらいことになってしまった。もうお前とあえるかどうかも分らぬ。もしぼくが帰らなくても決して悲観はするな。なにごともうんめいであるとあきらめよ。めそめそしないで近所の人にわらわれないようにせよ。母と子供をたのむ。子供はどんなことがあっても士官学校や海兵学校には入れてはいけない。それから又どんなことがあっても子供は満州旅行に出してはいけない。

だいたいこんな要旨でありました。

この手紙をポストに入れると、ぼくはよほど救われたような気持になりました。

それで大分ほっとしていますと、そこへ飛び込んで来たのは召集令状という奴でありました。突然のことで、それに召集時間があと三、四時間しかないという急迫した奴で、ぼくは困ってしまいました。北村や逸見やその他に通知する暇もないのです。勿論通知がないから、餞別をくれるものもありません。別に餞別が欲しくてたまらないというのではありませんけれども、たった一人の餞別もくれない応召かと思うと、さすがに寂しい気がしました。弁当をこしらえてくれる家内もいないのでぼくは宿の帳場に頭を下げてたのむことにしました。千人針なんか言うだけ野暮なことです。宿の帳場は弁当をこころよく引き受けてくれました。それでぼくはもう一つ勇気を出して、お酒があったらと申し入れるとこの方もこころよく承知してくれました。そしてぼくは世の喧噪をよそに、一人で暫く住みなれた室に端坐し、悠々と四、五本のみほして、いい気持で出発をしました。

ぼくは二十年来の神経痛という持病があるので、重いものは一貫目くらいの物を持ってもすぐ腰が痛み出しますので、鉄砲や背嚢《はいのう》でも持ったら僅か三間とは歩けない体なので、身体検査の結果不合格、つまり即日帰郷になるであろうと思いました。けれどもその日、ぼく達四十歳以上の老人が、兵営ならぬ或る学校についたのは、夜の十二時を廻っていましたが、別に身体検査があるではなく、ぼく達は教室の冷たい板の上に寝かされてしまいました。

翌る朝は早く叩きおこされ、運動場に並ばされました。これから身体検査でもあるかと思っていると、

「この中で、病気とか何とか、体に故障のある者は手を挙げ」

と肩に三つ星のあるのが言いました。

ぼくは一番に手をあげました。

「お前、どこが悪いか」

「神経痛です。坐骨神経痛で、一寸した重いものも持てません」

「よし。お前はどこが悪いか」

「――」

三人手をあげたものの訊問が終ると、

「少々からだに故障のあるものも、やってもらう。やむをえん。事態は今日明日に切迫しとる。昨日入隊したものの中には、肺結核で病院から来たものもあるが、矢張りやって貰っとる。やむを得んのじゃ――さあ、出発」

三つ星はこう言って、命令を下しました。

ぼく達老兵は、三班に分れて付近の道路の四つ辻につれて行かれました。そして、其処で、道路の穴掘りをやるよう、命ぜられました。老兵たちはモクモクと、しかし顔には実にいやな表情をたたえて仕事にとりかかりました。

「おい班長、いったいこんな穴を掘って、何にするのかい」

黙っているのも馬鹿らしくなったのか、老兵の一人が若い一星の班長にたずねました。

「これはね、つまり君たちの墓穴みたいなもんさ」

班長が、古参兵らしい威厳を示すように答えました。

「墓穴って、おれ達はここで死ぬのかい」

「うん、どうもそうらしい。ここの処をおれ達で死守して、一つでも多くの戦車を此処でカクザさせろという命令なんだ」

「こんな溝みたいな穴で、時速××キロの戦車がへたばるかネ」

「へたばらんだろうナ。だからおれ達がここの両脇にかくれていて、敵の戦車が来た時バクダンを抱えて飛び込むという戦術なんだ」

「オイ、オイ」後ろの方にいた老兵の一人が興奮したような叫び声をかけて来ました。「オイ班長」とその老兵は班長に呼びかけ、何か詰問するような態度を示したが、急に拍子抜がした様子で、「班長は、いったい、今年、いくつかネ」と尋ねました。

「二十七であります」と班長は、自分の上官に対する時のような言葉で答えました。

「二十七か。若いネ。女房や子供はあるのかネ」

「ありませんよ。二十一の年から兵隊で七年も引っ張られているんですから、七年間さんざん苦労して、やっと下士官になったかと思うと、こんな墓穴みたいなものを掘らされて……」

「オイ、小休止、小休止」

老兵の一人が号令をかけたのでぼく達はスコップをそこに放り投げ、近くの木蔭に四散しました。

ぼくは煙草を吸いながら、これはいよいよひどいことになったと思いました。そこは公園わきの寂しい道路でありましたが、今日は一人の通行人もありません。死のようにシーンとした空気の中で、樹木の梢がきらきらと、八月の朝の太陽にかがやいていました。ぼくは妻や子のことを考えました。死がおそろしいと言うよりも、むしろ、ぼくがこんなにして老兵に徴集され、土方工事の真似をしている有様を知らせてやれないのが残念でたまりませんでした。「お父さんはネ、こうしてスコップを地べたにつきさし、こうして……」とこの情景を話して聴かせたら、どんなに我が子が滑稽に感じてよろこぶことだろう。子供ばかりではなく、同じ市中に住む北村や逸見が、もしこのぼくの最後の奮闘ぶりを見たら、どんなに微笑をもって迎えてくれることであろう。ぼくはそれを伝え得ないのが残念でたまりませんでした。

しかしぼくたち老兵は、敵の戦車に体当りで犬死する筈であったに拘らず、それから数日後にはまた娑婆《しゃば》へ戻って来ました。日本無条件降伏の詔勅が出たからであります。ぼくには戦争のことはよく分りませんが、あの詔勅がもう数日おくれたならば新京もむざんな戦場と化したことでありましょう。そうしてぼくたち老兵も、悪徳軍部の犠牲になって、悲惨な最期をとげていたことでありましょう。

いわばぼく達は命拾いをして娑婆へ出て来たわけでありましたが、ぼくは宿へ帰って見ると、宿屋はすでに廃業して、宿屋自身もう誰のものか所有主さえはっきりしない状態となっていました。もといたお客の姿は一人も見えず、宿屋の縁故を辿って北満地方から命からがら避難して来た婦人たちが、青い顔をしてとぐろをまいていました。ぼくは途方にくれてしまいました。生きて行くために必要な食事を、どうしてよいか分らなくなったのであります。社会状勢は急転直下奈落のどん底につきおとされたので、見当というものが皆目つかない。唯一の希望は南下、南下、南下、大連まで出て船にのって日本へ帰ること。気の早い連中はこのせち辛い人生生存競争に敗けてたまるかと、無理に汽車にのりこんで南下の途にはついたものの、途中がとても危なくて行けたもんではないと、途中から又ひきかえして来るありさま。ぼくは最初、独身者であるという地位にあまえて、婦人達の仲間に入って高粱《こうりゃん》のお粥をすすっていましたが、いつまでもそういう状態をつづけてもいられないで、知人のところへ行ってハンゴウを貰いうけ、宿のごみすてで拾ったひしゃげた薬鑵と、それでぼくは自炊をはじめることにしました。

なんという、あわれなことに、なったことでありましょう。敵の戦車に飛び込み自殺するのとは又別な生命の危険の段階に、ぼく達は到達したのでありました。わずかな持金と、物品と、これが無くなった時はただ死あるのみというような――その上、目の前に酷寒の冬期は横たわっているので、心細さは真綿で首をしめられるような陰性的なものでありました。

――やっぱり、おれは満州で死ぬるのか。

ぼくは悲観してこう思いました。そしてこんな辞世のような歌を作りました。

はるばると海を渡りて死にに来し
われの運命《さだめ》の悲しくもあるか

そしてぼくは、この辞世のような自作を、夕方など自室にこもって一杯やりながら朗吟していると、しばし心はなぐさむのでありました。話し相手もなく叱り相手もない独り者は、一杯のんで、声の運動でもやらなければ、気持の鬱屈がはげしく、生理が承知しないのであります。

飢ゑて死に凍えて死なん日もあらん
されども我は人は殺さじ

ぼくはこんな歌も作って朗吟しました。たいへん下手な歌ですが、どうか嗤《わら》わないで下さい。実感だけはこもっているつもりです。実際ぼくはこの敗戦下の異国で、どんなに生活がぎゅうぎゅうの所へ押しつめられても、こちらから人を殺すことだけはすまいと考えました。そう考えそう歌うことは、この十年間人殺しを業として来た軍部に対する、そして今や敗戦のため無《む》辜《こ》の民を異国に手放しで泣かしている軍部に対する、はげしいいきどおりが含まれているのでもありました。

ある日、ぼくは思い立って、逸見を訪ねてみることにしました。ぼくの宿から逸見の家へ行くには、人気のない大きな原っぱを十町ばかりも横断せねばなりませんでした。そこの原っぱには最近追剝が出るということで、げんにぼくの知人のS・M君など金時計と金を五百円とられたと言っていましたが、ぼくは敢えて行くことにしました。ぼくはその昔奈良の大宮人が桜をかざした故事を思い出しながら、原っぱの入口でぼくより背の高い日廻りの花をへし折り、それを鉄砲のように肩にかついで出かけました。

「よう」

逸見は自宅の前の屋敷内の菜園で、何か工事をやっているところでありました。

「冬の燃料の用意にね、こんな材木でも集めているところさ」逸見が泥のついた手をはたきはたき言いました。

「やっぱり今年は冬越しかね。それ迄に帰してはくれないのかね」

「どうも駄目らしいぜ。そういう輿論《よろん》に傾いて来た」

「そうかなあ」ぼくは思わず溜息が出ました。が、すぐに過日のことを思い出し、「時に、君は、召集の方はどうだった?」

と、きくと、

「来たよ。来るのは来たが、詔勅が出たので、行かずじまいさ」

「それはよかったね。おれはこれでも一週間行って来たんだぜ」

「へへえ。君が。それで、どんな塩梅《あんばい》だった?」

「穴ほり土方さ。馬鹿な目にあったよ。しかし毎日たらふく日本酒に麦酒をのませて呉れたよ」

「へへえ。そいつはよかったね」

「うん、なにしろ、俺たちは入る早々戦車飛込隊ってのになったんだから、じゃんじゃん勇気をつけさせたわけさ」

「ははあ、それで結局、こちらはじゃんじゃん飲んで、あとはあばよってことになったのか」

「ふふん。まアそういう所だ。ところでどうだ。久しぶりに一杯いこうじゃないか」

ぼくは逸見とつれ立って、近くの酒屋へ酒をもとめに出かけました。途中、肩に銃をかけたソ連兵に出あいましたが、ぼく達は黙って通りすぎました。

逸見は、八・一五以来、外出するのは今日がはじめてだと言っていました。ことほど左様に日本人の男子は、そのころ、可及的に外出はひかえているのでありました。

逸見の家庭菜園でとれたカボチャを二つもらって、宿にかえったぼくは、もう何日も掃除もしたことない部屋で、ハンゴウの底にのこっていた飯をがさがさかきこんで、それからこんな短歌を作りました。

防空壕のふたに坐りて飲む酒の
乏しきを惜しみ酔ひにけるかも
酔ひて見れば満州の野ははるかにて

赤のまんまが咲きゐたりけり

下手だといって、どうか、わらわないで下さい。酔うている時だけが幸福なぼくの気もち。おさっし下さい。ぼくたちはその日、麦酒瓶に一本酒を買って、近くの原っぱの入口にある、今は哀しき廃物の、防空壕の蓋の上で飲んだのでありました。酔ってくると秋の満州平原はぼうっとかすんで、赤のまんまが無心に穂をたれている姿が、東京郊外の武蔵野と丁度おんなじに見えて、ぼくはどうにも困るのでした。

その夜も、ソ連兵のうつ鉄砲の音が、パンパンと聞えていました。

おとうさん　初二　木山万里

おとうさんは、おさけが、大すきです。いつでも、ひる、あさ、ばん、ねます。ばん、三かいごはんをたべます。

ときどき、外で、よつぱらひをします。おとうさんは四一です。

おとうさんは、よく、ぼくに、

「おさけは来たか。さかやにききにいけ」

といひます。

てがみをくれるときでも、せうせつのかみでくれます。

これはぼくの子供が田舎に疎開して間もなく学校で綴方に書いたものでした。ぼくは満州へ渡る時、田舎に二日ばかり滞在して、この綴方を見た時には、嬉しくもあり、恥ずかしくもあり、ぱっと耳が染まるような心地がしました。「おとうさんが目に見えるようです」という先生の批評がついていて、ぼくは本当に先生に見られているような心地がしました。

あくる日の昼頃雨がふり出したので、ぼくは子供に傘をとどけてやるため、学校に行きました。雨は必ず降るに決っているような空模様なのに、子供は傘を持参しなかったのであります。

「どうも、子供が、お世話になりまして」

ぼくは教室の昇降口のところに待っていて、先生に挨拶しました。

「いいえ。よくお出来になります。御心配はいりません」

若い、二十一、二の女の先生が、モンペ姿でにこにこしながらぼくの挨拶にこたえました。

ぼくは子供とつれだって、ぼくが小学校に通ったのと同じ道をとおり、かわいいような気持で帰って来ました。子供は藁草履を大事そうに手にぶら下げ、カバンの筆筒をカチャカチャ言わせながら、帰りました。

家内はそのころまだ東京に残っていました。近所の疎開さわぎにつられて、気持はいらいらしながらも荷造や運搬の目処《めど》がつかず、それに家を手放してしまっては、ぼくが満州から帰った時に勉強部屋がなくなるという心配もあり、その他いろんなことから愚図愚図になっていました。そのころ東京にはもうアメリカのB29が何回もやって来た頃で、ぼくたちは空襲の怖ろしさを自分の目で見て知っていました。ぼくが東京を出発の朝も警戒警報が発令されていて、

「じゃ、あとは、お前の勝手でやれ」

と、ぼくは高円寺の停車場の入口で家内に屁でもひるように言って、慌しく別れたことでした。子供もあくる朝ぼくのトランクをさげ、軽便鉄道の停留所まで送ってくれましたが、ぼくは別に言い置きのようなことはしませんでした。こんだガソリンカーが停留所につくと、ぼくはそれに乗り込み、ガラス一枚へだてた中から子供にシッケイをすると、子供もシッケイをして、ただそれだけのことでありました。親も子も、笑顔ひとつするでない、不器用なぎこちない別れ方でありました。

元来ぼくは別れ方がうまくやれない方で、友人知己にもずいぶん後味の悪い思いをさせていることでしょう。が、それはそれとして、何の因果でかぼくのような貧弱文士の妻や子になって人一倍苦労をなめて来た妻や子にまで、あんなわざと苦虫をつぶしたような別れ方をしたのかと、後悔されるのでありました。

毎晩、毎夜、ソ連兵のうつ鉄砲は、ぼくの部屋にもきこえて来ました。

ぼくは、二階の二十五号室にひとりで寝ながら、どうせ日本へ帰ることが絶望なら、せめて一度だけ妻子にあいたい。そうして今度は、あんなぎこちない苦虫をつぶしたような別れ方でなく、男らしくたのもしい、ハンカチでもひらひら風になびかせるような、すらりっとした別れがして来たいと思うのでありました。……

それから一年。

ぼくは帰って来ました。自分ながら不思議な気がします。敗戦後、長春（新京）には北満からの避難者を合せて、凡《およ》そ二十二、三万の日本人が集結したのでありましたが、その中、およそ八万くらいはころころと死んで行きました。その気の毒な有様や、ぼくたちがどのようにして細々と、危ない命の綱を渡って来たか、それは今日は省くことにします。それこそ、しょうせつの紙が三百枚あっても四百枚あっても、なお足らないことですから。

ぼくは帰ってくると、すべてはぼくが想像していたとおりになっていました。母は死んでいるだろうと思ったら、そのとおり死んでいました。家内と子供は百姓をしているだろうと思ったら、そのとおり百姓をしていました。

そして家内は、ぼくが東京を出発する時戦争脚気《かっけ》でふらふらしていたほどだから、とても健康は十分でなかろうと想像していましたが、やはりそのとおりでありました。子供が初等科四年生になっていたのは、もちろん時の推移というものであります。

「万里や、おまえはいま、何という先生に習うとるか」

ぼくは子供にたずねてみました。

「大山先生じゃ」子供はこたえました。

「まえの、ええと、和田先生は何年生を教えとってか」

「和田先生?」子供は反問するように首をかしげて、

「和田先生はもう居ってないがな」

「どうして」

「お嫁に行っちゃったんじゃがな。それで、もう学校はとうにやめちゃったんじゃがな」

ぼくは頭がぼうっとして、昼寝をしては飯をくい、飯をくっては又昼寝をしました。そういう日が何日もつづきました。新聞を見るとゼネストなんてものが出ていましたが、何かひどく呑気な気がして、ぼくの昼寝にさえ及ばないような気がするのでした。帰って来た日は、八月の終りのむし暑い日でありましたが、いつか故郷は涼しくなり、何十年ぶりで見るかのようなコスモスが咲いたり、銀木犀《もくせい》がかすかな月夜に匂ったりしました。そして今夜、ぼくの煤けた台所のチャブ台の上には、金木犀がふくいくと花瓶にさされてあります。

「おい、おい」とぼくはやさしく家内に言いました。「うちには、カンピンはなかったかね」

「あります。あれのことでしょう」

家内は台所の押入からカンピンをとり出しました。

「うん、これだ、これだ」

カンピンとはどんな漢字を書くのか、理科の実験につかうフラスコと殆どおなじ形をしたガラス器で、ぼくの、田舎地方ではよくこれを酒のカンに用います。いつか林芙美子さんの古い随筆を読んだ時、芙美子さんがこのカンピンのことを書いていました。なんでもそれは旅ずきの芙美子さんが、尾道の波止場の船宿で酒を一合つけてもらったところが、その徳利がカンピンと言って、フラスコのような恰好をしていたのにはうんざりしてしまった、酒徳利はやはり透いて見えない方がいい、透いて見えるガラスだと、メカニズム臭くて気がせいてしまう。

——というのでありましたが、ぼくも読んで成程そうだと思ったことでした。が、今夜は特別に、どういう精神作用でか、この器でやって見たくなったのであります。しいて理由をさがせば、ぼくの家内が麦の供出でもらった僅か一合の酒を銚子で燗をするのも面倒なことだし、それに僅か一合の酒だからぼくはメカニズムで観察しながら飲んでみたくなったのであります。

それで、ぼくは火鉢の五徳の上にカンピンをのせ、じっと中を見ていました。配給にしては水分の少ないコハク色で、ねっとりとしている姿が初めは比較的冷静に見えていました。それがだんだん火の熱にあって底の方から、ぬらぬらと何か生きているもののように動きはじめました。ぼくはそれを見ながら、何だか娘の秘密でものぞいているような気がして来たのでぐっと唾をのみこみ、

「おい」

と、家内をよんでみました。

家内はいつの間にか台所の土間におり、莚《むしろ》の上に足を投げ出して草履をつくっているのでした。ぼくは一寸拍子抜けがしたが、家内の堂に入った恰好がたのもしくなり、

「おいその藁草履つくって、一足いくらに売るんだい」

「売るんじゃありませんよ」家内は笑いながら答えました。「子供にはかせるんです。何しろいたずらがひどいんで、一足が一日半しかもたんので、わたしこまっちゃいますよ。なんだったらあなたもこれからは少し手伝って下さいません?」

「ふん。馬鹿をいうな。おれは、……おれはお前の、地主さまじゃないか」

「へへん」

燗ができました。ぼくは家内が麦の供出の一合をちびりちびりと飲んだのであります。酒をのむのは実に久しぶりで、ぼくはほんのりといい気持で酔ってしまいました。やはりぼくは幸福だとおもいます。

ぼくが飲んでいる間に、家内は草履を三足も作っていました。見上げたものです。

ことしの五月、とうとう異国の長春で病死してしまった逸見のこと、折角錦州まで帰って死んだ逸見の細君や長女のこと、思えば胸はつまりますが、ぼくが長年すんだ高円寺の焼跡も一度は見ておきたく、近く東京へも上りたく思っていますので、今夜はこれにて。

〔昭和22（1947）年1月「東国」初出〕

# 春雨

私はかねがね、小説家永井荷風氏に手紙を出したいものだと思っていた。岩渓裳川《いわたにしょうせん》先生の墓がどこにあるか、荷風氏なら知っていそうな気がしたからである。けれども荷風は有名な面会ぎらいで、訪問客に居留守をつかうくらい朝飯前で、

「ごめん下さい。先生は御在宅でしょうか」

或る時、或るジャーナリストが玄関をたたくと、

「いらっしゃいません」

「それでも、そこに立っていらっしゃるのは、先生とは違いますか」

自分で出て来て、しゃあしゃあと居留守をつかう荷風に一本つっこむと、

「本人が留守だと言っているのだ。これほど確かなことがあるか」

大喝《だいかつ》されて、ジャーナリストは逃げ出したそうである。

嘘か本当か、こういう噂を耳にしていた私は、手紙を書くのさえ何となく躊躇《ちゅうちょ》された。第一、

氏が何区の何番地に住んでいるのか、調べてみねば分らぬことだった。また、未知の無名文士が、万が一返事が貰えるような手紙を書くには、ずいぶん腕によりをかけねばならぬことだった。三日すぎ、四日すぎ、十日すぎ、いつということなく五、六年が過ぎてしまった。

ところで、岩渓裳川先生と言っても、今時、名前を知っている人は極めて稀であろう。実はそういう私も、ほとんど知るところがないと言っていいのであった。

今から十年前の春（昭和九年）、私は自分の父が危篤で田舎へ帰っていたことがある。親子はもう長い間音信不通で、いわば勘当の間柄であった。たまに、私がせっぱつまって手紙を出すと、父はそれをチブスの黴菌《ばいきん》か何かのように、火箸ではさんで火中に投じた。そのよって来《きた》るところは皆、私が能なくして風流の真似事をし、人間の活計を重んじなかったのが原因である。しかし私は私で、いくら何でも、手紙さえ見てくれぬ父に腹を立て、手紙の中には百円札を五、六枚も入れておいたような錯覚をおこし、父父たらず子子たらず、と尤もらしい謀叛気《むほんぎ》をおこした。そして完全に音信もとだえて、父のことなどすっかり胴《ど》忘れしていた時に、突然父危篤の飛報がとんで来たのであった。

父はもう人間の正気を失って、ひしゃげた瓦煎餅のように臥《ふせ》っていた。

「お父ッつぁん。おらじゃ。正介が戻ったど」

私は大声で呼んでみたが、すでに脳がしびれていた父は、半眼さえ開こうとしなかった。それで、私は半ばほっとした。

「誰じゃ？　おどれか。今時なにしに戻った？　さっさと出て行け」

そう大喝されはしないかと、内心怖れていたからである。三十になっても身のさだまらぬ、破れ雑巾のようにさらぼえた子の印象を、父のあの世への土産にしたくはなかった。

丁度その頃、日本の都では、八十八歳の元海軍大将東郷元帥の危篤が世の視聴を集めていた。私は午後の一時頃になって配達される新聞を見ながら、自分の父と元帥の死とが、偶然同じ日になればいいと、そんなろくでもないことをひそかに念じてみたりした。けれども父は、元帥の国葬の日が来てもまだ生きていた。二日も三日もおくれて、とうとう十日もおくれてしまった。

またこれと前後して、小説家正宗白鳥氏が私とおなじく厳父の危篤で郷里へかえっているという消息を、私は地方新聞の消息欄で知った。白鳥氏には甚だ迷惑な話だが、私と白鳥氏とは郷里が近く、いわば同郷の間柄なのである。しかも、私は私の父と白鳥氏とが同い年で、同じく明治己卯四緑某星の生れだということをいつの頃からか文士録を見て知っていた。それで私は、なんということなく人間の運命のはかりしれぬ相違に、一代ふっ飛んだような感慨を深くしないではいられなかった。

私の父は昔文学青年だったのである。文学青年といっても、父のは漢詩の方で、私は父と文学について語ったことは一度もないのだけれど、父の死後土蔵の二階から煤けた詩稿を発見して、初めてその習作に接したのである。父は生前、自分の原稿類はことごとく火中に投じた形跡があるのであるが、こればかりは余りに古すぎて失念したのであろう。五十枚ばかりの半紙を紙縒《こより》で綴じたもので、表紙に「感恩斧痕集巻一」と毛筆でしるし、裏表紙には「明治己亥四月製之、于時桂川十九年七ケ月」と奥付を添えている。その内容は表題の示すとおり、一枚一枚自作の漢詩を先生に批評添削してもらったものの集成で、先生は初めの方の少しが稲本陽洲先生で、あとの大部分は岩渓裳川先生に示教を乞うた跡が歴然としていた。

今、その第十四枚目の、稲本陽洲先生に批評を乞うた部分を、次に写してみる。印刷の便宜上、先生の朱筆は括弧の中に入れる。

病中偶成

別愁黯々客中情。何日家山見兄弟。

細雨江城人臥病。昨来聴杜鵑声。

(下字不苟。)

須　磨

謫客当年逢落魄。更憐公子壮図空。

雲停玉笛平家曲。月黒松風村雨中。

(暗澹凄哀。筆帯余恨。)

少年行

五陵少年不知愁。　三月清明日々遊。
玉勒金鞍江上路。　同随柳絮入娼楼。
（不知愁三字。為一篇字眼。与柳絮同入娼楼。何等巧思何等才筆。）

ざっとこういう工合で、いずれは唐詩か宋かの模倣であろうが、この紙葉の最後の空白に、稲本先生は朱筆を改めて墨痕淋漓《りんり》、次のような讃辞を付しているのであった。

（君有詩才。他日文壇馳名。陽洲妄言）

「君詩才あり。他日文壇に名を馳《は》す」と読むのだ。

私は漢文のことはほとんど分らぬが、薄暗い土蔵の二階でこの讃辞を解読した時は、ぱっと自分の両の頬が紅に染まるのをどうすることもできなかった。勘当さえ受けた自分の父のことではあるが、ひとりでに微笑が口許にうかび出た。この朱筆を読んだ時の父の悦びを、私は自分が生れないずっと以前のことではあるが、遙かに思いやって、暫くは胸のときめきをどうすることもできなかった。

それかあらぬか、この詩集を綴った父は、その後間もなく東京をさして上京した。文壇に名を馳せようと思って、祖父や祖母には内証で家を出奔したのである。この出奔については、私が六、七歳のころ、その頃まだ生きていた祖母が、三分心の洋燈《ランプ》の下で吊し柿をむきながら、昔語りに話して呉れた記憶が私にはあった。けれども私はその時分出奔や文壇に何等興味を持たなかったので、委《くわ》しい事情は聞きもらした。父は父で猫をかぶって、一生、そのことの片鱗さえ私に洩らそうとしなかった。

ところが、私は父の死後になって、前記の詩稿と同時に、やはり土蔵の二階から古ぼけた一枚の葉書を発見して、父は当時牛込区東五軒町四十番地海野ミチ子様方に下宿していた証拠を摑むことができたのである。

今、その葉書を次に写して見る。発信人は伊勢国上野の青木晋という人で、宛名は私の田舎の父の御家内中様となっている。日付の消印は、明治三十二年十一月十日。その頃、葉書は一銭から一銭五厘に値上げした当座と見えて、一銭の葉書の上に五厘切手が貼り添えられている。

拝啓　小生と桂川君とは東京岩渓裳川先生宅にて初めて会晤、爾来無二の親友と相成候。小生其後病気の為東京病院に入院中、二回迄御下宿牛込区東五軒町四十番地海野ミチ子様方宛文通候処御返事無之。小生転地療養として先般帰省致候。就ては桂川君は会晤の節心臓病云々との御話有之、夫《それ》が為御帰国相成候哉。且は御下宿変更相成候哉、甚御面倒の段恐入候へ共、一度御静動御報知被下度奉願候。　　　早々頓首

この葉書を証拠にして、その他いろいろなことから綜合して、(私の祖母は父が出奔したのは麦刈時分だったと確かにそう言った)父の出京は明治三十二年六、七月のことで、滞京はおそらく二カ月か三カ月、多くとも半カ年は越えなかったらしいのであるが、この間、父はしきりに岩渓裳川先生の門に出入して、したしく先生の謦咳《けいがい》に接したことだけは、想像にかたくないのであった。

然し、私はこの時まで裳川先生の名前さえ知らなかった。当時かなり高名な漢詩人だったということだけは、おぼろげながら想像できても、その他のことは一切わからないのであった。帰京して、二、三それとなく友人にたずねて見たが、友人の中にも誰一人として知っているものはなかった。かえって、私が小説の方もいつまでたってもうだつがあがらぬので、時世おくれの漢詩でもひねって、何とかしようとするのではないかという風に、けげんな目で見られたのが関の山であった。

ところが、それから四、五年すぎた秋雨の蕭々《しょうしょう》と降る或る晩のことであった。私は円本全集の「永井荷風略伝」というのを何気なく見ていると、荷風先生が漢詩を岩渓裳川について学んだと書いてあるのを偶然発見したのである。今、それを次に写して見る。

永井荷風先生略伝

先生名は壮吉。荷風と号す。一に金阜《きんぷ》また石南と称す。明治十二年己卯十二月三日東京市小石川区金富町に生る。（中略）先生初め小石川服部坂黒田小学校に入り後小石川竹島町東京尋常師範学校附属小学校に転じ神田一ツ橋高等師範学校附属中学校に進み明治三十年四月を以て業を卒ふ。この間書を岡不崩《ふほう》について学び、又漢詩を岩渓裳川について学べり。

これを以て私思うに、この略伝中にある岩渓裳川先生が、私の父の師岩渓裳川先生と同名にして別人でない限り、荷風先生と私の父とは兄弟弟子ということになるのであった。私は何だか、小説よりも奇なりの気がした。それればかりでなく、荷風先生が明治十二年己卯の生れだと言えば、先生もまた私の父や白鳥氏と同じく、四緑なにがし星の生れの、同い年ということになるのであった。

ところが、人間は同じ星の同じ年に生れても、何と種々様々に変った一生を辿ることであろう。私の父はそのむかし、稲本陽洲先生が、「君詩才あり。他日文壇に名を馳す」と予言したにもかかわらず、文壇に名を馳せるどころか、貧しい一介の農夫としてこの世を終ったのである。あの時(私が六、七歳の頃)祖母が私に話してくれた遠い記憶によると、父は東京から帰って来た時には、身体中ひどい皮癬《ひぜん》をかいて、見る影もない骨皮になっていたそうである。皮癬は諸国から取寄せた薬風呂でやっとなおるのはなおったが、生れつきの蒲柳の体質は、一生父を苦しめつづけた。だから農夫の方も決して今時人に自慢のできるような農夫ではなかった。

私が小学校のころ、父は毎朝十時ごろまで寝ていた。文壇に名を馳せることは、もはや諦めていたろうが、それでも夜は一時二時ごろまで机に坐って、お茶をのんだり、本を見たり漢詩のようなものの微吟《びぎん》をしたりしているから、農夫にとっては常識であるところの鶏鳴と共には起きられぬのであった。金次郎の叔父の万兵衛の言い草ではないが、いたずらに燈油を消費するだけのことであった。

或る日、学校で修身の時間、受持の先生が、「お前たちのお父ッつぁんは、今朝、お前たちが学校に来る時、何をしておられたか」

という突拍子もない質問を発したことがあった。私にも、第何番目かに指名があたった。私

はハイと勇んで立ち上り、

「ハイ、おいらのお父ッつぁんは、おらが学校に来る時、まだ寝ておられました」

と、正直に答えると、間髪を容れず、教室中にどっと船端を叩くような哄笑が舞い上った。私はまえの生徒が答えた「おらのお父ッつぁんは藁を打っておられました」「牛屋の掃除をしておられました」等という立派な答えに比較して、自分の返事はひどく桁外れの落第であったのかと、恥ずかしさに机の下に頭をおしかくし、長い間哄笑が鎮まるまで、息の根を殺していなければならなかった。

こういう塩梅であったから、私の父の畑にはいつでも、作物よりも背の高い雑草が繁茂していた。雑草にもいろいろあるが、あれは何という本名なのか、ちょっと油断をするとすぐ人間の背丈よりも高く伸びる草がある。麻に似た細長い葉が輪状に密生して、茎は大人の母指くらいに太る草である。父の畑には年中その草が繁茂していたので、村人は誰いうとなくその草のことをケーセン草（桂川草）と名づけた。村人ばかりではなく、村内の事情にうとい他村のものが村に通じている往還をよぎる時にも、誰も説明はしなくとも、「ははあん、あれがこの村で有名な桂川草か」とそれはすぐに知られた。

晩春初夏の頃になると、桂川草の枝々にはたんぽぽのような合弁の白花が咲きみだれた。それが瞬く間に何十万何十億の冠毛になって風に飛散する有様は、一種異様の盛観を呈するのであった。めずらしさに、丁度薬の入れ替えに来た旅人の富山の薬売などは、立ち止って、旅の土産話にそれを見物していることもあったが、村人たちはその種子が自分の畑に飛んで来て繁殖しはしないかと蛇蝎のように怖れた。

畑ばかりでなく、田の方もそれと大同小異であった。父は人並に五月になると田に苗を植えるが、その後は人とはたいへん趣を異にした。誰でも知っているとおり、田植が終ると間もなく、田の草取りというものがある。田の草取りというのは稲田の中に四つん這いになって、手で草を取るのが古来からの習慣である。ところが私の父は、田の中に案山子《かかし》のようにつっ立ったまま、二本の足先で田の草を取るのだった。それも時間にして半時間か一時間つづけて、水田が少し濁ると、急いで家に帰って、いかにも大労働でもしたかのように「ああ疲れた」「ああ疲れた」と言って昼寝をした。したがって稲の出来は大変まずく、秋になるとまるで申訳のような穂がしょぼしょぼと頭をのぞけるに過ぎなかった。しかもそのせっかくの穂さえ、正月が来てもなかなか刈り取ろうとはせず、穂が氷雨《ひさめ》や霰《あられ》に朽ち去って、元の土と化したことも二度や三度ではなかった。

私はその頃から、なんということなくこの人生が憂鬱であった。父が世間はずれで、始終むっつりした顔ばかりしていたからである。だから私は子供心にも、大臣や大将になって天下に号令しようと夢見たことは一度もなく、ただ家の中が余所の家のように陽気になってくれればいい、自分の父が余所の家の農夫のようにせっせと田畑に出て働いてくれればいい、とそればかりを望んだ。

一週に一度、水曜日になると村の小学校の裁縫室の廊下に、町から文房具屋がやって来て、店をひろげた。その文房具屋を、私たちは「水曜のおッつぁん」とよんで親しんだが、その水曜のおッつぁんが、「日本少年」や「少年世界」を一部ずつ持って来て店に出すので、私は何ということなくそれを買って、僅かな慰めとした。

けれども、私が文学に若干めざめたのは、その後中学生になってからのことだった。めざめたと言ったところで、実際は高が知れたもので、学課の予習復習などそっちのけにして、詩歌の真似事や小品文をひねる程度を出でなかった。同好の士とガリ版で雑誌など発行して、受験雑誌片手にサインコサインと青息吐息ついている輩《やから》を、窃《ひそ》かに憐憫して勝手な快をむさぼるに過ぎなかった。しかもその雑誌の発行部数は、せいぜい二、三十部で、今にして思えば、回覧にでもした方がどんなにか合理的であったか知れぬが、とにもかくにも衣食に事欠かぬ中学生には、気持だけは案外純粋だったのである。

その頃になっても、父はまだ性懲りもなく、東京から「詩林」だの「文学禅」だのという文学雑誌を取り寄せていた。新聞も、大阪新聞のほかに、東京から万朝報を、一日おくれではあるが入れていた。私はこの新聞の方はたまに覗くこともあったが、父の取りよせる雑誌や書物、その他父の持物には絶対に手をふれようとはしなかった。父は父、私は私、二人の親子はお互いに何か極秘のように別れて、滅多に口をきくこともなかった。

ところがある日、それはまだ三月初めのうすら寒い日のことであった。

「お父ッつぁん。おらを東京の文科へやってくれ」

私は父の前に出て、いきなりこう言った。成長の鈍い私も、やっと背丈が五尺に達して、私はあと一週間で中学を卒業しようとしていた。こういうぎりぎりの日まで、将来の目的が決らないのは、卒業生中私ひとりであった。私は自分の将来が暗黒になったような気持で、最後の勇気をふるい起して、こう申し出たのである。自信などありはしなかったが、それでもそこにだけわずかに微光がさしているような気がしたのであった。

「東京の文科じゃと？」

父は私の出し抜けの申出をきくと、風邪の寝床から起き上って、がたがたと地震のようにふるえた。そして、やっと震いが少しおさまると、

「臣を知るは君に若《し》くはなし。子を知るは父に若くはなし。東京の文科の如き、不良少年の行くところじゃ」

と、漢文句調ものものしく、断定をくだした。そして地震のように又がたがたと震えた。そしてまた震いが少しおさまると、

「お前は自家《うち》で農科をやれ、わしが今後はお前を引率して野良に出て、お前の惰弱なる精神を改革してやる。百姓くらい立派な生業は他にないのじゃ。お前はこの家の長男だから、父祖三百年伝来のこの家をまもる責務があるのじゃ」

と、こう川の土手を足でせき止めるような結論をくだした。

聞きながら、私は尋常二年の時にならった修身の、二宮金次郎の気持が、解るような気がした。もともと、収入のない家は傾いて、金などあろう筈はなかった。しかもその春には、私の八人兄弟の八番目が生れて、ぴいぴいと泣いているのだった。私は人力挽《じんりきひき》でも新聞配達でもいいから、このいびつな家を出て、東京の文科へ行きたい衝動にかられた。

実は、以上のようなことを、私は今年の春「わが文学修業記」という題で或る雑誌に発表したから、読んだ人は知っていられよう。ところが、あの題目は私がつけたのではなく、雑誌社から与えられたので、私は最初何を書いてよいやら見当さえつかなかった。何故かと言えば、こういう題目で物を書くのは、功成り名遂げた白鳥氏や荷風氏のような人が、老後の思い出に書くと面白いと私は考えていたからである。無名文士の私などに、雑誌社がこんな題目で指名するとは、どういう了簡《りようけん》なのかさっぱり分りかねた。けれどもだんだん、これは功成り名遂げた成功談ではなく、文学修業の失敗談を私のようなものに書かして、雑誌社が世間の何等かの警告にしようという新企画だと解して、勇んで筆をとったのであった。

しかしいざ筆をとって見ると、筆はなかなか進まなかった。「霰」という字が分らないで行きつまったり、煙草がきれて捜しに出たり、風邪をひいて寝たり、短い原稿なのに意外な難渋をきわめた。私は自分の不才に愛想をつかした。もう六年も畳替をしない借家で盛切飯を食べながら、二十年前、「お前は自家で農科をやれ」と言った父の言葉が、ひしひしと胸によみがえって来た。考えて見ると、父がそういう言葉を言った年に、自分もぼつぼつ達しようとしているのであった。

「親子二代はひどすぎる」

私はなんということなく、こんなことを独り言で呟いて、夜もろくろく睡れなかった。十年前、勘当状態のまま幽明境を異にした父のために、いつかは永井荷風氏に手紙を出して、岩渓裳川先生の墓地の在り処《あか》を尋ね、しみじみとした墓参がして見たいと考えながら、長い間うっちゃりになっていることが後悔された。古言に、子は父の為に隠す、というのがあるが、あんなうら恥ずかしい文学修業記を書いて、亡父の秘密まで世間にさらすより、父の旧師のお墓参りでもした方が、どんなに真実がこもっているか知れない、と私は悔恨で枕をぬらした。

ところが、これはまた、何という奇蹟であろう。私があの修業記を書いて一カ月たつかたたないかの、三月三十日(昭和十八年)の朝のことであった。噂をすれば影の如くに、その日の朝日新聞の朝刊に、岩渓裳川先生の記事が突如としてあらわれたのである。それは大変短い記事だから、今次に書き取って見る。

岩渓裳川氏(森春濤《しゅんとう》の高足で漢詩界の長老)二十七日午後十時小石川区水道町二ノ一六の自宅で逝去した、享年八十九、告別式は三十一日午後一時から二時まで自宅で執行

私はほんとに吃驚した。裳川先生はまだこの世に生きておられたのであった。そうと分って

見れば、私だとて先生はもしかしたら御存命かも知れないと、それまでに全然思って見ないではなかった。だけど十中九分九厘までは多分、と早呑込みしていたのである。無理はない。八十九歳の御高齢のことではないか。文壇を遠く隠栖《いんせい》されてからでも、随分久しい年月が行ったり来たりしたことであろう。私はいろいろな気持が次から次へ交錯したが、結局のところ、この僅か二、三行の記事を危うく見落さなかった自分の幸運が喜ばれた。

明くる日、私は午後一時になるのを待ちかねるようにして、先生の告別式に出かけた。正式な通知もないのに、出しゃばったような気持がしないでもなかった。だけど私はかまわぬと思った。死んだ父の代理で行くのである。私は父の形見の袴《はかま》をはき、父の形見の紋付を着た。そして手には父の形見の白扇を握りしめた。

前の晩地図をひろげて研究しておいた通り、市電を石切橋で降りようか東五軒町で降りようかと迷ったが、石切橋で降りると、やっぱり都合よくそこの電信棒に「岩渓家」と書いた指標が目にとまった。あんまり都合がよすぎて、胸がどきどきした。私は胸の動悸を鎮めるため、暫く石切橋の上に佇って、旧神田上水の流れを見ていた。旧神田上水の色は黒いが、水は豊満であった。緑色に塗られた橋の欄干に手をかけて下を見ていると、私はだんだん落着いて来ると同時に、橋が少しずつ上流に流れて行くような気がした。と、丁度その時であった。

「いよう」

親しげな声をかけられて、私は振り返った。振り返ると、そこに黒い瀟洒《しょうしゃ》なフロックコートを着た背の高い紳士が、蝙蝠傘《こうもりがさ》を抱えて佇っているのが目にとまった。しかし咄嗟のことに誰だか思い出せず、私が少し首をかしげると、

「忘れたか」

紳士が笑いながら言った。笑うのは笑ったが、途端に紳士はたいへんつまらなそうな顔をした。その瞬間、私はこれは写真顔で見覚えのある永井荷風氏だと分ったが、その時はもう遅かった。荷風氏は、その時早稲田方面から来た市電の厩橋《うまやばし》行に飛びのると、もう後も振り向かず墨東方面に向って消えていた。

私は自分の頓馬《とんま》に呆れた。実を言うと私は前の晩から、今日は荷風氏も裳川先生の告別式に来るに違いないから、ひょっとしたら逢えるかも知れないと、大いに期待していたのであった。それがいざとなると、すっかりこういう失態に終るのであった。

夢うつつで、裳川先生の霊に焼香をすますと、私は再び石切橋まで戻って来た。が、私はそこで直ぐ電車に乗る気はしなかった。もう一度、旧神田上水を眺めて、それから東五軒町の方へ歩いた。それと言うのも、私は前の晩、地図で裳川先生のお宅を研究した時、小石川区と牛込区との相違こそあれ、私の父が四十五年前に下宿していた東五軒町が、つい目と鼻の距離にあることを、発見していたからである。

「あの、もし、東五軒町の四十番地はどの辺でしょうか」

電車通りから少し入った所にある、四角な交番で私は訊ねた。

「四十番地」二十八くらいの巡査が、ちょっと考えてから、思ったよりも親切に言った。「四十番地の何て人です？」

「海野ミチ子というんですが」私はわざと敬称は略した。

「さあ」と、巡査は目を閉じた。そして暫く考えてから目を開いて、四十番地はここを真っすぐに突き当って、右に折れて、その先の三つ角のところだ、と或る印刷屋を目標にして教えてくれた。

私は教えられたとおりに歩いて行くと、三つ角には巡査の言った通り三階建の印刷屋があって、印刷屋は牛込区東五軒町四十番地山本某の表札をかかげて、輪転機を忙しく廻していた。その隣は散髪屋で、お客が一人土間で寒そうに髪を刈ってもらっていた。そしてその隣の某とは、ちょっと外部から見たところ職業不明のしもた屋で、その次が美濃屋という豆腐屋であった。その次が小松工業所浦野某で、四十番地の住人は以上であった。まだありはせぬかと裏へまわって見たが、もうそこは、がらりと番地が変っていた。

私は印刷屋の斜向いにある四十四番地の蜜豆屋に入って、余り好物でもない蜜豆を食べながら、それでももしかと思って、

「あの、もしか、この辺に海野ミチ子さんて家はなかったでしょうか」

と、四十前後の亭主にたずねて見たが、

「存じませんな」と、亭主はあっさり答えた。

知らないのが当り前であろう。そう思いながら私は背中をかがめて、薄汚ない店の暖簾の間から四十番地の方を眺めると、美濃屋豆腐店の店頭には、「本日ハ××番ヨリ××番マデ」としるした黒板がかかって、その二階の煤けた二枚の障子がいやに私の目をひいた。さっき一目見た時から、この煤けた障子の工合から、私は何ということなく父が四十五年前に下宿していた下宿は、この家だったような気がしていたのであったが、やっぱりそうに違いないと、私はひとりで断定をくだした。

それで、私は蜜豆屋を出るともう一度豆腐屋の前に佇って、改めてその二階を見上げた。豆腐はすでに売切れていたから、二階は見れば見るほどひっそりとしていた。押入のないどかんと凹んだような部屋である。すると、今度はどういうものか、今にも誰かに不審訊問でも食いそうな気がしてならなくなって来た。私が真っ正直なことを答えても、嫌疑はなかなか霽れぬかも知れない。えてして不良は正装だけはしているものである。正直な弁解をすればするほど、嫌疑はなおさら深まるかもしれない。

が、丁度その時、朝から曇っていた空から、絹糸のような春雨がふり初めたので、私は急いで美濃屋の前を後にした。

美濃屋豆腐店から裳川先生のお宅までは、時間にして七、八分とはかからない。これなら、日に何回でも往復ができる訳である。それで私はもう一度先生のお宅まで戻って見ると、先生の霊柩は既に火葬場へ行ったらしく、お宅の内外は先刻とはうって変って深閑としていた。お宅は、そんなに豪華な邸宅ではないが、そうかと言って私の借家の比ではなかった。お宅の板塀に取りつけた郵便受が、大きな口をあけているのは、近頃その筋へ金属を供出されたためであろう。そういうお宅の入口で、葬儀屋がまだ取片付けしないでいる白木のテーブルやだんだら幕が、小雨に濡れながら湿気をふくんだ風に揺れていた。私は紋服を雨にぬれながら、何んだか二十歳の自分が詩の草稿でも懐ろにしているような錯覚で、しばらく先生の晩年の書斎兼病室であったにちがいない離れのような二階を仰いでいると、

「ごほん」

中から先生の謦咳《しわぶき》が、今にも聞えて来そうな気がした。一枚あいた硝子戸の壁際に、新聞紙を八ツ切りにしたつかい紙が長い紐にぶらさがって、軽く左右に動いているのが、時節柄とは言え妙に脳裡にきざみこまれた。

その後、ごく最近になって、私は先生の漢詩がのっている『現代日本漢詩集』という古本を偶然手に入れ、先生の作品にはじめて接した。こころみに今、その中の一首を録せば次の如くである。

墨　江

風流遠矣一千年。　若有人兮春水天。

春水白鷗多古意。　一千年在白鷗前。

（風流は遠し一千年。人あるが如し春水の天。
春水白鷗古意多し。一千年は白鷗の前にあり。）

〔昭和23（1948）年3月「早稲田文学」初出〕

# 玉川上水

私は今年の桜桃忌《おうとうき》には出席することが出来なんだ。少々体の調子がわるかったからである。尤もたいしたことはないのだ。医者にみせても何かわけが判らんと云う。へんに胸のあたりがドキドキする病気なのだ。アルコール中毒かと思って、酒を一と月ばかりやめてみたが一向にききめがない。念のためにニコチン中毒かと思って、煙草を百日ばかりやめて見たが、これまたきき目がない。念のためにワッセルマンの検査もしてみたが、完全なるマイナスときている。友人や知人は、それは神経性心悸亢進症《しんきこうしんしょう》と云うのだと云う。多分そんなもんなんだろう。

それで何故こんなわけの判らぬ病気になったか、反省してみるに、その原因は、一にかかって住宅難から来ているもののようである。云いかえれば、しがない間借りからくる一種の恐怖病みたいなものらしいのである。

この間も私は或る新聞をよんでいて、大原富枝さんの次のような文章に接したので、一寸それを拝借してみよう。

『私は（註・つまり富枝さんは）いまでも苦しい夜など、間借りを追いたてられて困り切っている夢を見ることがある。眼が覚めてちゃんと小さいながら自分の家に寝ていること、家の周りには松や栗などの大木のあるかなり広い庭があることなど改めて認識して、ホッと安心するまでには、茫漠夢幻、混沌未明のかなりの時秒を要する。

街で住宅あっせん所の前を通ると一瞬昔のままの気持で貸間の貼出しを眺めてしまう。』

読みつつ私はまったく同感せざるを得なかったのである。なんて、御婦人の褌《ふんどし》で相撲をとるみたいで、いささか恐縮ではあるが、間借りなんかしていると、人間の精神は狡猾になる傾向があるのである。その反面、肝心かなめの事はぬかることも亦奇妙である。いずれにしたところで、富枝さんは現在、ちゃんとした邸宅に住んでいられるらしいので、まあまあ、御勘弁をお願いしたいものである。

ところで、桜桃忌に私が欠席してから、一週間ばかり過ぎた曇天の日であった。朝鮮動乱二周年とかで、新宿で火炎瓶さわぎがあった日かも知れない。三鷹在に住む画家の井関英明が私の部屋を訪ねて来て、先ずこの間の桜桃忌に出たか出なかったを質したあとで、

「実は、また、変なことがあってね」

と画家特有の目で私をみつめた。

「なんだ。また掘り出し物でもしたのか。ええ？」

私はつとめて平気でたずねたが、持病をいかんせん、胸がどきどき鳴るのを覚えた。

つい一箇月ばかり前のことだが、英明はぼろ儲けをやったのである。なんでも或る雑誌社へ挿画をとどけての帰り、都電の通りを歩いていると、或るみすぼらしい古道具屋があったので、なにげなく寄って見たのだそうである。そうして何気なく店の一隅にころがっていた油絵の埃を指先で拭ってみると、中から実に素晴らしい色がでて来たのだそうである。それで署名をさがしてみると、明かにT・Hと出て来たのだそうである。

英明は素知らん顔で、埃を元のとおりにかぶせて、

「おやじさん、この額縁いくらだい」

「そうだね。二千円に、まけとこう」

「冗談じゃねえ。俺は中みなんかどうでもいいんだぜ。五百円にならないか」

押問答のあげく、骨董屋の親父は千二百円まで折れて出たのだそうである。

ところが英明は千二百円の持ち合せがなかったので、汗だくだく、銀座まで急行して、銀座裏の小料理さざえのマダムに借金の申込をしたのだそうである。が、さざえは容易に首を縦にふらなかったので、気のせいている英明は、半ばさらうが如くにマダムをタクシーにねじ込んで、芝まで引きかえしたのだそうである。

そうして無事、T・Hの絵を買い取って、もう一度銀座までタクシーを飛ばして、とある画商の扉をたたいて、新聞包みを解いて見せると、画商は即座に、

「三万円なら、頂きます」

「よし、売ろう。善は急げだ」

英明はその場で、金三万円也をうけとって外に出て、呆気にとられているマダムに、札束の半分を分けてやったのだそうである。

この話をきいて、私は絵の鑑識眼はないから、こういう見事な芸当は出来ないにしても、せめてマダムになりたいものだと思っていたのである。が、

「違う、違う。こんどのはあんなぼろい話じゃないんだ。こないだ、丁度太宰忌の前の晩だがね。僕が三鷹の駅におりて、一寸身軽になろうと思って便所にはいって行ったんだ。するとさ、便所の中からひょいと出て来た奴があるんさ。おや、と思った途端にそいつ、玉川上水に飛び込みやアがったんさ」

「へえ、あそこの便所、柵はないのかね」

「ないんだ。それで飛び込んだというよりも、すとんと落ちた感じなんだ。音も何にもしやしない。念のために覗いてみたが、もう影も形もありやしない」

「君、酔ってたんだろう」

「酔ってはいたがね。何ともその落ち方が気に入ったよ。こういう風なの、小説にならないかね。芭蕉は蛙が古池にとび込むのをみて、新風をひらいたと云うじゃないか。あんたもやり給えよ。ちっともこの頃書かないじゃないか」

「うん。それで、つまり、その男はそれきりなの」

「いや、仕様がないから、駅員に報告したら、駅員のやつお巡りをつれて来やがってさ。お巡りのやつ、僕の住所氏名なんか記録しやがるんさ」

「それ、それ。第一の発見者は最も有力なる嫌疑者なり、という言葉があるからね。……」

「ところがさ、実は僕も少々気になっていたんだが、今さっき駅員にきいてみると、川に落ちた男のやつ、あそこから二、三丁下で、這い上ったそうだ。一寸愉快じゃないか。だからあんた書けというんだ」

「うん。そいつもきっと、酔っぱらってたんだね」

「でなくっちゃ、ああうまくはゆかんだろう。しかし、あんたが太宰忌に出れなかったとは残念だ。僕はその日の様子がききたくて来たんだけれど」

英明が帰ったあと、私は何となくいらいらしてきた。家のものが、お客さんが帰ったので、私の書斎で夕飯の支度をはじめたからである。書斎と云えばきこえはいいが、朝昼晩、私は台所に住んでいるようなものなのである。渋団扇《しぶうちわ》でバタバタやられたりすると、自分がコンロになったような悲哀を感ずるのである。でも、仕方はないので、私は桜桃忌の会費の三分の一ばかりの会費を持って家を出た。

駅前のマーケットの中に八幸という飲屋がある。ここは三年来のなじみだから、いくらか借金もきく。そこが目当てであった。間口一間、奥行二間、その奥に二畳にたりない座敷もある。

「マダム、今日は酒をくれ。と云ったところで、八幸の一級酒はせいぜい三級酒であろうけれど」

「何云ってんの。だったら、初めからちゃんと、酎《ちゅう》になさいよ」

焼鳥の串をさしながら、マダムが牽制にでた。

「いや、今日は一級酒といこう」

私は三分の一の会費がはいっている懐中をぽんと叩いて、

「今日はちょっと紀念日なんだ。しんみりと行きたいんだ」

「何の紀念日？」

「親父が死んだ日なんだ。一年に一度しかありゃしない。小母さんの御亭主の命日はいつだったかなあ。一度きいたことがあったっけ」

「うちのは十二月二十九日よ」

「そうそう。思い出したよ。自転車で掛取に一日中かけ廻って、疲れた疲れたと云って帰って来て、お風呂に行って、それから又帰って来て一本のんで、今夜の酒はまずいまずいといって寝床に這入って、夜中の一時頃便所におきて、……そうだったなあ」

「そうよ」

小母さんは怒ったように横をむくと、水道の蛇口で手を洗った。そして、やおら後の戸棚の一級酒の瓶に手がのびるのを私はみとめた。

燗ができると、

「一寸、わたし、おつかいに行って来ますからね。たのみますよ」

小母さんは買物籠をさげて出かけた。

私は二畳の座敷にあがって、ひとりで飲んでいると、酒屋の小僧がビールを半ダースとどけに来たりした。いまでこそ酒類も自由になったが、私が貸間さがしに田舎から出て来て、駅からおりたその足で未知のこの店に飛び込んで、おそるおそる飲《いん》を乞うた日のことが思い出された。笈《おい》ならぬ米入りリュックを肩からはずして、暫く置かして貰ったのもこの二畳である。別に話題もなかったので、私が戦災で住家をなくした悲哀をかたると、小母さんは終戦後の無理がたたって亭主が急死した有様を話してくれたりした。お世辞にも別嬪とは云えないけれど、こういう最初の縁が、この店を私にすてかねさせているのだ。

丁度、この最初の貸間さがしの時のことだが、私は吉祥寺の亀井勝一郎をたずねたことがある。休憩かたがた久濶を叙し、且つは太宰の晩年の有様を訊いてみたいと思ったのである。それで実際に私は六年ぶり再会の久濶を叙し、亀井が空襲中防空壕のなかでたてたという謂《いわ》れのある茶碗でお茶をいただきながら、太宰の最後について質問をこころみたのであったが、亀井はどういうものか余り気のりがしない風であった。考えてみるのに、もう十ケ月も以前の事をこと新しく質問されてみても、質問のピントは時代おくれしていたのに違いないのである。けれども事件当時田舎にいて、新聞記事外の知識をもたなかった私が、なおも質問をつづけると、「それよりも君、いつかこんど、一ぺん、二人でゆっくり、あの上水のほとりを、散歩してみようじゃないか」

と、亀井は私の愚問を封じた。なかなか見事な封じ手であった。で、

「ああ、それはいい。是非そうしよう。百聞は一見に如かず、と云うからなあ」

と、私も言下に、亀井の提案に賛意を表したのである。

それよりずっと以前、たしか昭和十七年のことであったが、私は玉川上水をひとりで歩いたことがある。あのへんも今は三鷹市になっているが、その頃はまだ三鷹村とよんでいた頃だと思う。がらんとした三鷹駅に下車して、駅前の荒物屋で道をきいて、大通りを左に折れると、小さな流れがあって、それが玉川上水であった。尤もその時は玉川上水という名前は知らなかったが、小川の流れに沿って、蝶々なんかがひらひらしている田舎道を、私は下連雀めざしてゆっくり歩いた。

その日私は宿酔で少々頭が痛んでいた。前の晩、北京から出張でやって来た塩月赳《たけし》の歓迎会があって、元の同人雑誌の連中が十二、三人集って、大いに酒を呑んでからである。

会場は新宿の樽平で、気心のわかった仲間が勝手な気焔をあげて、酔っぱらって、忘我の境地で、私が高円寺の借家に帰ったのは、恐らく終電車であったかも知れない。

「あなた、下駄がかわっていますよ」

あくる日の朝、私が咽喉がからからかわいて目をさますと、こう家のものに注意された。なんだか待ちかまえていたような、非難にみちた語調であった。

それでも家のものが水をくんで来たので、私は寝床の中でぎゅっと一気に呑み干すと、その容器は家では見たことのない、よく鮨屋なんぞで見かける、悠々二合五勺はたっぷりはいる、あの藍色の頑丈な湯呑であった。

「これはどうしたんだ」

「それ、昨夜、太宰さんがわたしのお土産だって、持って帰られたんですよ。覚えていらっしゃらないの？　あんなに何べんも何べんも繰り返して自慢しておきながら……。自慢はいいんだけれど、あんな大きな声で何べんも繰り返されちゃ、わたし、ほんとうにはらはらしましたよ」

「ああそうか。それでその、かわった下駄って、どんなものだい」

「大変立派な下駄ですわ。こう、まっすぐな柾《まさ》が十七八本も通った、あんな上等な下駄、うちなんかじゃまだ一度も買ったことがない極上品ですよ」

「極上品だって、見ねば解らん。持って来て見ろ」

「此処へ、ですか」

家のものは念を押して立上ると、玄関から何んだか黒っぽいビロード風な鼻緒のついた下駄をさげて来た。そして、私の枕許に新聞紙をひろげて、きちんと並べた。

私は下駄に関する知識はないけれども、それは一瞥《いちべつ》したところ、とにかく上等な代物に違いなかった。新品ではないけれど、履けば履くほどつやが出て来そうな、一寸待合なぞへ出かけても、恥はかかなくてすみそうなものであった。

私は蒲団を頭からかぶり直して、暗い寝床の中で昨夜の会のことを反芻してみた。樽平の二階の日本座敷に坐った十二、三人の仲間の顔を、端からひとりひとり順々に頭にうかべてみた。すると十二、三人の参会者のうち、和服で出かけたものは、私のほか太宰と山岸外史と、合計三人だけであったことが思い出された。それでこの下駄の持主は、太宰か山岸であることはほぼ判ってきたが、しかしその中のどちらであるかは見当がつきかねた。太宰のようにも思われ、山岸のようにも思われた。下駄だって注意してみれば、持主の性格があらわれているのに違いないのだが、昨夜は会が酣《たけなわ》になると、洋服のものたちが便所へ行く時、かわるがわる和服のものの下駄を借用したので、すっかり形が崩れて判別は困難なのであった。

未解決のまま、私はもう一寝入りして起きると、外出することにきめた。直接相手にぶつかって見ようと思ったのである。そう云えば甚だ決心的だが、こんな宿酔の日には家にくすぶって訳もなく憂鬱になっているよりも、外の冷い空気にあたった方が、頭がすっきりするのである。それにこんな上等な下駄が我が家にころがっているのは、何となく家の調和がみだれるもとのように思われた。またそれとは別に、私のぺちゃんこの下駄が、よその玄関で恥しそうにしょんぼりしているのは、何だかかわいそうに思えた。

それで私は高円寺の駅まで出て、さて太宰のところへ行ったものか、山岸の方へ行ったものかと暫く思案をかさねたが、そのあげく、まず近距離の太宰の方へ行ってみることにしたのである。

玉川上水の土手つづきの麦畑で、麦の草取をしている娘に下連雀の部落をたずね、下連雀のとっつきの煙草屋で太宰の番地の所在をたしかめ、やっと太宰の門札をさがしあてたのは、その日の十二時前の時刻であった。

「今日は――。ごめん下さい」

と私が声をかけると、すぐ奥さんがとぶように出て来られた。奥さんはまだ新婚ほやほやの頃で、初対面の私が名刺がわりに口頭で以《もっ》て名乗りをあげ、

「太宰君はまだおやすみでしょうか」

と挨拶をすると、

「はあ、いえ」

と奥さんが口ごもるように云われた。それから、奥さんは、

「あの昨日、塩月さんの歓迎会に出かけて、そのままだ帰って来ないんですけれど、……」

と云われた。

「ああそうですか」

と私は相槌をうって、

「実はその塩月君の歓迎会で、わたし、ついうっかりして下駄を間違えたんですが、もしかしたら、これ、この下駄、太宰君のと違いましょうか」

と着物の裾をめくり上げ、下駄を半分ぬいだ恰好にして、たたきの上にならべると、

「いいえ、ちがいます」

と奥さんが云われた。

「ああそうですか。じゃあ、又、――」

と云って、私は大急ぎで太宰の玄関を飛び出したのである。

後で考えると、その飛び出しかたは、随分礼儀をわきまえぬ失敬な男に見えたことであろう。けれどもその時、私は内心周章てていたのである。と云うのは、昨夜樽平の一次会がすんだあと、連中がどこか屋台の鮨屋におしよせて、立呑み立食いをやっていた時のことである。誰であったか、発言して、人生すべからく一人前の芸術家になりたいと欲するならば、先ずトリッペルの洗礼を受けなければならん。然り、然り。おい、太宰、狭き門より突入しろ。新宿なんかしゃらくせえや。濹東へのそう、濹東へ、――というような談論が風発した光景が、ぼんやり記憶によみがえって来たからである。

こういう雰囲気のなかで太宰がにやにやわらいながら、「これ、君の奥さんに、――」と素早く私の袂へ湯呑を投げ込んだ瞬間もはっきり思いだされた。

あとになって考えると、あれは太宰自身の本心を、あんな風に表現したのであったかも知れない。私は太宰の記事が新聞にでた時、すぐにあの三鷹の家の玄関と、そして太宰の帰りを待ちわびていられたであろう奥さんの姿が胸にうかんだ。それからあの時、私がただ一度だけ歩いたことのあるあの小川が、きっと玉川上水というのであろうと想像された。併しいくら梅雨とは云え、あんな小っぽけな小川で、心中ができるなんて、嘘のように思えた。はっきりした証拠があがらぬところを見ると、いずれ誤報訂正の記事が出て、もう一度世間をあっと云わせるのではないかとも思われた。都を遠くはなれた山奥で、私は話相手もなくひとりで気をもむよりなかったのだが、そうこうしているうちに本当の告別式もすんでしまったのである。

敗戦のあくる年の秋、元陸軍二等兵の肩書をもって佐世保に復員して以来、私は当時世に拗ねたような気持で、家のものの疎開先に停屯していた。停屯というのは余りきかぬ言葉だが、事実は東京までのキップを持っていて、家のものの疎開先には二、三日滞在するつもりであったのに、結果はなんと三年間も途中下車してしまったのである。

復員当初、私の体は八貫目くらいに痩せていて、近所のものなどこのままお陀仏するのではないかと思ったそうである。自分自身もペンを持つのさえ億劫であったが、一枚十五銭に大暴騰している葉書が珍しく、それがまたポストへ入れると先方に着くのが不思議で、私は古い友人の消息をさがしもとめた。逆に云えば自分が生きていたことを知ってもらい、もう一度友達になってもらいたかったのである。

こういう作業のなかで、太宰が青森県金木《かなぎ》に疎開していることを知らせてくれたのは、ニューギニアから帰還して、信州松本に滞在中の中谷孝雄からであった。それで、私が中谷の返事をもとにして、青森県金木に葉書を出すと、太宰から来た返事には、伊馬春部《いまはるべ》が北支から帰還して目黒区緑ケ丘にいること、今官一が海軍から帰還して都下三鷹町にいること、塩月赳が北京から帰朝して世田谷区北沢にいること、亀井勝一郎は元の所の吉祥寺にいること、などが簡にして要領よろしくしるされた後につけ加えて、「僕も今年中には東京移住のつもりです、」と書かれていたのであった。

それで私がこの太宰の通信をもとにして、上記の人々に葉書を出すと、それぞれ返事がかえって来た中、世田谷区北沢四ノ三八五伴方に住む塩月赳からの返事は、大体次のようなものであった。

『芳簡拝誦。よく無事で帰って来ましたね。何よりでした。僕は五月初旬漸《ようや》く帰って来ました。長春に比べればずっとのんきだったと思いますが、僕としては一生一代。貴君の消息まるでわからず、帰る早々高円寺を訪ねて見たら、まるで焼野原でガッカリして帰った。何かしきりに君に会って話したかったのだ。秋にはいちど出て来ませんか。今の東京も一生の思い出に見ておくといいと思います。何かまた一緒に一仕事やりましょうや』

右の書簡中、最後の「何かまた一緒に一仕事やりましょうや」というのは、恐らく同人雑誌の再刊を意味するものであったろう。私はひとりでそう解釈して塩月の意気を壮とし感激もしたのであったが、洟《はな》ふく塵紙にさえ事かいているこのインフレの時世、同人費はいくらになるであろう、同人が果して糾合できるであろうか、今更そんな青くさいことは僕はごめんだという者もでてきて、とても実現は困難なことであろう、など思いながら心ならずも御無沙汰にうち過ぎているうち、いつしか一年有余の月日がたって、二十三年の春、私は実に突然、次のような黒枠通知を受け取ってしまったのである。
『父赳儀病気加療中の処薬石効なく三月十七日午前九時十五分永眠致し候　生前の御厚誼《ごこうぎ》を深謝し此段謹んで御通知申上候　不取敢《とりあえず》仮告別式は三月二十二日自宅に於て営み追て本葬は郷里宮崎に於て執行の予定に御座候　敬具
昭和二十三年三月十八日

東京都世田谷区北沢四ノ三八五伴方
男　塩月光夫
妻　塩月杉子　』

お彼岸のうららかな天気の午前であった。三月二十三日、その日私のところに来た郵便は、この印刷葉書がたった一枚だったので、私は一日中この葉書を見て暮らした。私が驚愕したのは云うまでもないが、それとは別に私はたいへん残念なことをしていたのだ。と云うのは、実は私はその前の年の春一度東京の焼跡見物に出かけていたのであった。然しそれが丁度二・一スト騒ぎの直後のことで、汽車は網棚まで超満員の混雑ぶりだし、宿には難儀をするし、食べ物には不自由するし、汽車の往復切符の期限はきれるし、当てにしていた金策は駄目になるし、私はあたふたと田舎へ戻って来たのである。それで、出発の時には古い友達の誰にもかれにも皆ひとり残らず会いたいほど慾深い気持であったのに、結果は志に反して、宿からは比較的距離の近い、家も道も知っている亀井にも太宰にも会わずじまいであった。まして世田谷は北沢とばかりで、何電車の何駅で下車するのかさえ判らない塩月の間借りなど訪問するのはなおさら気のすすまないことであった。噂にきけば塩月はどこか丸ノ内か霞ケ関の方に勤めているということであったから、昼は不在だし夜も何時に帰ってくることやら、見知らぬ暗い夜の郊外でマッチをすりすり門札をさがして歩くなど、まあ次の機会にしようと思ったのである。

然しこれは横着というもので、私が昭和十七年の夏、北支の旅に出かけた時、塩月は忙しい勤務を休んで、わざわざ支那人になりすまし、独身らしい気軽さで北京の色の町など案内してくれた日が思いだされた。思えばあれが最後になってしまったのだが、私は御礼さえまだ云ってはなかったのである。にもかかわらず、日本に帰る早々、私の寓居の焼跡をたずねてくれたりした好意を、私は完全に裏切った結果になるのであった。

通知によると「父赴儀は病気加療中の処」とあるが、私はそれさえ知ってはいなかったのだ。「仮告別式は自宅に於て」とあるが、その仮告別式もが昨日、世田谷の北沢四ノ三八五伴方で行われた様子が思いやられた。この伴方と塩月との関係がどうであったかは分らないが、親も兄弟も無効になったような現代、そこの薄暗いような一室で、病床に臥したまま、同人雑誌の再刊を胸に宿しながら、遂に再起できなかった塩月の無念が思いやられた。

「本葬は郷里宮崎に於て」とあるから、奥さんはその晩の夜汽車ででも宮崎に向って出発されたのであろうか。間借ぐらしの窮屈さでは、そういうことも、想像せられた。郷里宮崎というのは一体何処なのであろう。何処かははっきりしないけれど、私はいつかその場所をたしかめ汽車にのってその地を訪れ、南国の明るい林の中に眠る塩月の墓前に佇っている自分を想像すると、わずかに気持がなごんで、そうだ、塩月の結婚媒酌は大学が同期で年も同い年だった太宰がやって、「佳日」という小説にしたほどだから、太宰は告別式にも列したに違いないから、奥さんの落着先も知っていようし、告別式の有様や病気の模様も知っていようから、今度上京した時には何よりも先ず太宰をたずねて塩月のことをたずねようと思ったのであったが、——それから僅か三ヶ月後には、当の太宰があんな工合になってしまったのである。

或日、それは去年の春先の風のふく日であったが、私は赤茶けた二重廻しをはおって、吉祥寺の方へ貸間さがしに出かけた。暮もせまった年末、私は家主からウチにも金の都合があるから寔にすまんけれども出て行ってくれと平身低頭をくり返されたのであったが、こっちもおいそれと出て行くところはないので、まことにすまんけれどもあと三ヶ月いや二ヶ月でいいから暫くの間御辛抱下さいと三拝九拝をくり返して、不承不承ながら置いてもらっていたのであったが、いつしか二、三ヶ月は夢のように過ぎて、又々同じような平身低頭が頭をもたげて来ていたからである。しかし皆さんご存知の如く、貸間さがしを一日か二日で片付けようとするならば、懐中に数万金を要するのである。けれども私はそんなものは所持していなかったので、吉祥寺の駅におりると、それでも駅前の貸家貸間周旋業の門をくぐらねば何だか悪いような気がして、三つばかり手頃な貸間の略図を書いてもらい、早速下調査にでかけた。その一つは五日市街道に面した畳屋さんの二階であった。が、そこの畳は大変ボロだったので、私は早々に辞去して次の住宅区域の方へ向った。が、するとその住宅区域のしもたやの貸間は、畳も何も敷いてない雨戸もない玄関わきの応接間であった。ばかりか、私の応接に出て来た女が、何だか元陸軍将校夫人のようなつんつんした顔をして、ろくろく私の質問に答えようとせず、じろじろ私の赤茶化た二重廻しばかり眺めるので、私はそこも早々に辞去して表へ出た。そして第三番の貸間の方へ向おうかと思ったが、しかしもう何か五十づらをさげて貸間さがしなんかしているのが急に阿呆らしくなって、第三番目の方は諦めることにして、私は一寸くたびれ休みに、友達の顔でも見たくなって、亀井勝一郎邸の方へ向った。

「あら、これはお珍しい。どうしていらしたの。さあ、どうぞ。今ちょっと急ぎの仕事をしていますけれど、もうすぐ終ります。さあどうぞ、……」

私が亀井邸の玄関のベルを押すと、すぐ奥さんが出てこられて、目がさめるような菜の花の活けてある八畳の間に私を案内せられた。

「ほんとうにどうしていらしたの。わたし、木山さんまた田舎にでも行っていらっしゃるのかと思ってたんですよ。そう?」

「いやあ、それがね。何だか、腐ってばかりいたんですよ。実は今日はまたこっちの方面へ別荘探しにやってきたんですよ」

「おや、又、別荘さがし? じゃあ木山さん、まるで別荘さがしのために上京してるみたいじゃないの」

「そうなんです。実際そうなんだ。奥さんは評論家の配偶だけあって、図星みたいなことを云うなあ」

「それでどう？　きょうの結果？」

「いや、それが例によって例の如しで、ぜーん然——というほど奮闘したわけではないけれど、年をとると草臥れるんでねエ。奥さん、慰労に熱いコーヒーでも御馳走してくれませんか」

「はい、はい」

奥さんは立って調理場の方へ行かれた。

それで私は陽のさし込んだ縁側に座蒲団を持ち出して、硝子障子をとおして亀井邸の庭を見ていた。別に珍木奇木があるというわけではなかったが、庭の一隅に思いきり枝を切り落した柿の木が立っているのは、最近どこからか移植したものに違いなかった。百日紅《さるすべり》や野村楓はそれぞれ位置を得て、つやつやした木肌を浅春の陽にさらしているのが佳かった。椎や槙《まき》や八ッ手や南天のような常緑樹は長い冬に堪えた姿で、もうすぐ眼前にひかえた木の芽時を催促するかのように、それぞれの葉くびを打ちふっているのも佳かった。

実際誰だってどんな木だって、縁側に端坐して庭を眺めるのはたのしいものである。時には庭下駄なんかつっかけて、繁った枝葉を一、二本おとしてやったり、虫けらを取ってやったりすると、なお愛情がわくものである。けれども自分なんか自分の家の縁側から自分の庭を眺めるなんて、この調子で行けばいつになったら実現することか、奇蹟でもあらわれない限り、絶

望かも知れないと思うと、何だかよその庭に無料入場して盗み見しているような気がおきて、胸をわなわなさせていると、

「やあ、どうも失敬、失敬……」

と云いながら亀井が書斎の方から出て来た。そして、

「又、貸間さがしだって?」

「ああ、やあ、」

と私はあわてたが、

「いやあ。それですっかり草臥れちゃってねえ。実は今、奥方をわずらわしてコーヒーを所望しているところなんだ」

と開き直ると、

「コーヒー?」

と亀井が顔をしかめた。

「ああ、熱いコーヒーを、さ」

私は力んでこう答えたが、併しへんな時にはへんなもので、私はその時亀井の奥さんと三角関係でもしているような錯覚をおぼえたが、

「そんなのよせよ。一寸、外へ出よう」

と亀井が二本の指を環《わ》にして口に持って行き、酒をのむ真似をしたので、

「でも、」

と私は一寸躊躇はしたものの、

「いいよ、いいよ。さ、行こう」

と亀井がかさねて促すので、何だか奥さんには悪いような気がしながら、亀井と連れだって外へ出たのであった。

そして太宰が晩年死の当日まで昵懇《じっこん》にしていた飲屋が移転して、今も飲屋をやっている店へ出かけて酒を飲んだのであったが、その店へ行く途中、私はその日の貸間さがしではじめて気づいた、吉祥寺は相当大きな都会でありながら、まだ水道がきていないのはどういうものか、不思議ではないかと亀井にたずねると、

「いや、それは燈台もと暗し、というやつさ。水圧が高すぎて、ここでは水道栓がバクハツしてしまうんだ。しかしねえ、君、あれから、あそこの上水に投身したものが、もう今では三百六十人に達しているんだぜ」

と新聞などには出ない情報を教えてくれたのである。

その後の情報はきかないが、それはそれとして、併し私が田舎から出て最初に亀井をたずねた時、「いつか、こんど一ぺん、二人でゆっくりあの玉川上水のほとりを散歩してみよう」と約束した約束は、一体どうなっているのであろう。いまとなっては、もはや時効というものであろうか。或いは私がいつ逢ってもいらいらばかりしていて落着きがなく、最近では医者も診

断がくだせぬような、胸がドキドキする病気などになっているので、いまだその時期に非ずと思われているのであろうか。……

……以上のような事をあれこれ考えながら、その晩、私は桜桃忌に出られなかった埋合せを八幸でやらせて貰ったわけだが、――それから四、五日すぎた或る日のこと、私はいずれは家のものが焚きつけにするつもりであろう、古本のちぎれたのがコンロのへりにころがっているのを何気なく手にとってみていた。それは表紙も奥付もないので著者も名前も分らない多分「書簡文の書き方とその模範集」とでも云うような本であった。するとぱらぱらやっているうち、私はひょいと、次のような文句が目にとまったのである。

今晩、俳諧御催しのところ、傘これなく候ふ間、参らず候。

連中へもよろしくたのみ入り候。　　芭蕉

という実に短い一文である。それですぐ目についたのでもあったが、一読、私は何かひどく心を打たれた。そして私は芭蕉のやつ、きっとこの日は句会へ行く会費がなかったので、こういう手紙を書いたのだとひとりできめたのである。何故かと云えば、こんな手紙を持参させた使いのものは、きっと傘をさして行ったに違いないと想像せられたからである。

〔昭和28（1953）年6月「文學界」初出〕

# 耳学問

この一、二年来、日本の各大学の、ロシヤ語科の入学志願者は激増したとのことである。大学ばかりでなく、民間の講習なども盛んなようである。客観的にみれば、ロシヤ株が、とみに上昇した証拠であろう。

私は耳学問ではあるが、ロシヤ語の単語を幾つか知っている。

オイ。コラ。一、二、三、四。有難う。馬鹿野郎。同志。日本人。日本人（女性）。陰部。交接。

と言ったような類いである。

これらとは別に、いくらか勉強して、頭の中に叩き込んだ会話語がある。

ヤー、ニエ、オーチエン、ズダローフ。

というのである。

その語意は、「僕は身体の工合が悪い」つまり「私は病気である」というほどの意味である。

この会話語を、私は、大阪外国語学校ロシヤ語科出身の長谷川濬《しゅん》君にたのんで教えてもらったのである。場所は満州の長春、時は今から十一年前の九月下旬であった。その時私は、長春の南郊、南長春駅前のトキワホテルという宿屋の一室にいたが、たまたまホテルの横を長谷川君が通りかかるのを見つけて、よび入れて、時間にすれば十分間ほど、相当熱心に教授を受けたのである。

むろんABCから本格的にはじめる余裕などなかったから、日本の片仮名で、ヤー、ニエ、オーチエン、ズダローフ。と、紙に筆記して、棒暗記したのである。だから、これも分類的には、耳学問の部に入れなければなるまい。

ところでなぜ、こんなロシヤ会話を、私が熱心に覚えて、十一年すぎた今でも忘れないでいるかと言えば、丁度その頃、長春ではソ連の捕虜召集が始まりかけていたからであった。噂によれば、関東車の最高司令官は、すでにロシヤのチタだかハバロフスクかに生きた囚虜となって高飛びし、部下の員数をまちがえて報告したらしいとのことであった。人間耄碌《もうろく》すれば間違いということはあるものだが、戦争はすんだというのに、いまさら私は捕虜なんかになるのは気が進まなかった。

それに私はもはや、老眼鏡のいる四十二歳であった。いったい、明治天皇サマは国民兵役は四十歳までとハッキリ線をひかれたのに、私が四十歳になるのを待ちかまえて、まるで朝鮮飴を篦《へら》でのばすかのように、引きのばしたものがあるのも、私は気に食わなかった。しかし、そのような私憤は第二としても、私は元来、坐骨神経痛の痼疾があって、重労働には堪えられない身なので、もしも捕虜の召集がきた時には、国際信義にもとづいて、一身上の具合を、清く正しく、弁明しようと思って、こういうロシヤ語を覚えこんだのである。

はたして、旬日ならずして、ソ連のどこからか、町の隣組を通じて、私にも召集令がやってきた。私は半日、行ったものか、行かないものかと思い悩んだが、結局のところ出かけた。憲兵みたいな役目を仰せつかった、隣組長のニラミが怖かったのである。

集合場所は、最近まで女子師範大学であった兵舎で、私が出かけた時、門を入ると、すでに気の早い日本人が二、三百人、校庭に整列しているのが見えた。なかには準備怠りなく、弁当を五食分以上も携行しているのも見えた。

だが、ひとりものの私は、全くの手ぶらで、門番兵の指図に従って、びくびくしながら、校庭の一部の柳の木の下に机を据えつけただけの訊問所のような所に進み出ると、「住所は？」と試問官がまずたずねた。完全な日本語であった。想像で本当の所はわからないが、伍長か曹長くらいに思える、女の下士官であった。海老茶色《えびちゃいろ》のスカートをスマートにはいた、年は二十三、四ぐらいに思えた。

「南長春、清和街、八〇八」と区切りをつけて私が答えると、

「姓名は？」と女士官が訊ねた。

「木山捷平」

すると、女士官のそばに控えていた男の兵士が、キャーン・チエホフスキー、と大きな声で叫んで、私の名前を召集台帳に記入した。むろんロシヤ文字でである。ずいぶん桁はずれな誤訳のように思われたが、私は訂正は申込まないで、兵士が書き終るのを待つと、

「生年月日は?」と女士官が訊ねた。

「一九〇四年」

と、こんどは私の方で気をきかして、西洋紀元に飜訳して答えると、女士官は五尺一寸たらずの私の貧弱な体軀《たいく》を改めてじろじろ見ていたが、何がおかしいのか、にこっと笑って、

「どうも、御苦労さま、すぐ、お帰りなさい」

と、流暢な日本語で最後の判定をくだしたのである。

と同時に、控えの男兵士が「ニエット」と、もう一度大声で叫んで、「落第」のようなしるしを、召集台帳に記入したのである。「ニエット」というのは不合格、または即日帰郷という意であるように思えた。

で、私は、(ロシヤ語に飜訳すれば、キャーン・チエホフスキー氏になるところの私は)低い鼻の穴をひくひくさせながら、大急ぎで、校門を出た。とはいえ、駆けたりすれば、どんな拍子で風向きが変らないとも限らない。相手は不可侵条約を反故《ほご》にした現実国のことである。で、なるべく悠然と歩きながら、しかし私は、さすがにソ連の軍部は日本の軍部より人道的であり、

明治天皇サマの聖旨にも添っているように思えた。個人的には、どうもあの女士官は、何となく私の気に入って、できることならもう一度ひきかえして、世間話がしてみたいような衝動にかられた。せっかく汗水たらして覚え込んだロシヤ会話がつかえなかった残念さの、反動だったかもしれない。

物は比較で、つい一カ月前、私は日本の軍隊網の中で、窒息しかけていたのである。そのわけは、いわゆる現地召集というやつを食ったので、しかも令状を受取ったのが、八月十二日の午後一時、入隊は午後六時という、ものすごくスピーディなやつであった。壮行会をしてもらう暇もなければ、千人針を用意する暇もなかった。女房でもいれば、無理に腹に巻かせてくれたかも知れないが、旅の身ぞらの悲しさ、私は宿屋のお上さんに、酒を一升ねだりうけ、ひとりでヤケ酒をのんで少し気を大きくし、この分では即日帰郷になるであろうと見当つけて出かけたのであった。

ところがその晩の六時から夜中の一時まで、私たちは新京市内をめちゃくちゃに引っ張り廻され、放り込まれた所は或る小学校の教室であった。夜が明けると飯もくわせないで、付近の道路にかり出され、穴掘りを命じられた。身体検査など、全然省略なのである。

「おい、そこの眼鏡のおッさん。もちっと、しゃんしゃん、やらんかいな」と私は引率役の上等兵に叱りつけられた。

「ああ、だが上等兵、僕は持病に神経痛があるから、腰がうずいて仕様がないんだよ」

「こくな。上等兵とは何だ？　上等兵殿と言え。ここは軍隊だぞ」

「ハ。それはどうもすみません。……それでは、上等兵殿、その、ここには軍医はおらんのかネ。自分は一度診察して貰いたいと思うんだが……」

「バカ。そんなゼイタクなものが、おるか。神経痛ぐらい、今夜、戦争が始まれば、一ペンにすっ飛ぶ」

予言者みたいなことを言って、上等兵はスッパ、スッパ、煙草の煙を空に吹かすだけなのである。なんの為に、こんな穴をほるのかとほかの新兵がきけば、敵の戦車がおし寄せて来た時、この穴の中にエンコさせて見せるのだと言うのである。

だが、穴が掘り上らないうち、命令がきて、私たちは再び小学校によび戻された。学校の玄関では、古参兵が数人、せかせかと出刃庖丁を木銃にくりつけているのが見えた。これが翌日になって、新兵唯一の武器として、私たち老兵に配給せられたのである。

間もなく講堂で部隊長の訓示が行われた。部隊長というから、どんな、堂々たる男かと待っていると、壇に上ったのは、まだ碌に毛も生えていないような、十八、九の見習士官であった。

この見習士官が、

「事態はまことに急迫しとるのである。今夜、本首都に於て戦闘が開始せられる。お前たちは大日本帝国の軍人として、一命を陛下のために捧げられたい。生きて囚虜となりて、異郷に恥をさらすでない」

と言ったような司令官の命をつたえて、すぐに実地訓練が始まったのである。

その実地訓練は、——どこからか古参兵が持って来た乳母車に、フットボールを投げるという簡単なもので、学校の屋根で遊んでいる雀などには、いい年をしたおッさんが幼稚園の生徒の真似をしているように見えたかも知れない。が、本当のところは敵の戦車にバクダンを抱えて飛び込む練習であったのである。いいかえるなら、私ども老兵は、入隊早々、着のみ着のまま、戦車飛込肉弾隊に編入されていたので、身体検査の必要などなかったのである。しかし私は、あとからあとから溜息が出た。わざわざ満州くんだりまで、死にに来たのかと思うと、溜息が一分間に十五ぐらいの割合で出て、その溜息が八月十五日の正午まで、ひっきりなしに出つづけたのである。

やっと、八月十九日、召集解除になった私は、その翌日、ひとりで街に出てみた。街の様子を自分の目でみて、今後の趨勢を察知しようと考えたのである。だが、先だつものもまず祝杯で、行きつけの満人料理で酒をのみ、関東軍の大きな建造物を左ににらんで、ペッ、ペッと唾をはきながら、児玉公園の入口まで来ると、公園の入口にある児玉大将の首が、首だけすっ飛んでいるのが見えた。誰がやったのかは分らないが、随分腕力がいったことだろう、と思いながら、首のない銅像を見物していると、私はふと、そこの大きな道路の向側を、肩に銃をかけたソ連の兵士が二人、やって来るのを見つけた。生れてはじめて見るソ連兵であった。

その姿を見つけると、私は大急ぎで、道路を斜めに横切って、二人の兵士の前にたちはだかり、「おー、タワーリシチ」と声をかけたのである。

酔った勢いであったが、私はその時、自分がたった一つしか知らない、その一つのロシヤ語を、つかってみたかったのである。それにもひとつは、もし停戦さえなければ、私はこのソ連兵と、出刃庖丁つきの木銃で、一戦わたり合わなかったと、神ならぬ身の誰が保証できよう。

「おー」と叫んで、びっくりしたように、二人の兵士が立ちどまった。

「おー、タワーリシチ」ともう一度、私はつづけた。

だが私の発音がわるかったのか、相手はきょとんとしているので、私は発音をかえかえ、更に五、六回くりかえすと、やっと通じた。その証拠に、

「おー、タワリシチ」と顔にソバカスのある方の兵士が叫んで、もう一人の方の兵士に笑いかけたのである。

話が通じたうれしさに、

「おー」と私も叫んだ。が、たった一つの単語では後がつづかぬのである。

しかも私は、もし停戦さえなければ、お前達と僕とは、一戦……と告げたくなったのである。が、それが言えぬもどかしさに、私は頭をめちゃくちゃに急回転させると、ひょいと松岡洋右とスターリンが日ソ不可侵条約を結んだ時のことが胸に浮んだ。

昭和十六年であったか、時の外相松岡洋右《ようすけ》がモスクワに出かけて、この条約を締結した時、スターリンはことのほか御機嫌で、ウオトカをしたたかきこしめし、松岡をモスクワ駅頭まで

見送り、衆人環視の中で松岡を抱擁し、おお、アジア人よ、アジア人よ、と叫んだりしたのである。多少ハメをはずした嫌いがないでもなかったが、これがため、ソヴェトの民衆は、三歳の童児といえども、松岡の名を覚えこんでしまったという記事を、私は何かで読んだことがあるのを思い出したのである。

「ウオー（我）ウオー（我）ウオー、マツオカ」

と、私は自分の体を自分の指でさして言った。どういう心理か分らないが、中国語と日本語をちゃんぽんにつかったのである。

それから、

「ユー（貴方）ユー（貴方）ユー、スターリン」

と、私は相手の兵士の体を私の指でさして言った。これはまた、どういう心理かは分らないが、英語とロシヤ語をカクテルにしてつかったのである。

だが、これではちょっと、私の言おうとしていることが相手に通じる筈がなかった。ボナンザグラムより難解らしいのである。でも、私は意のある所、人間の志は必ず通じない訳がないと思ったので、汗だくになって、同じことを五、六回くりかえすと、やっぱり通じた。その証拠に、

「おー、マットーカ」

と、相手のあばたはないけれど、あばたがあるみたいな印象をうける顔の兵士が、こう叫ん

で、ソバカスのある兵士に向って笑いかけたのである。するとソバカスの兵士もにこにこっと笑って、

「おー、ヤポンスキー」

と、大きな声で叫んで、クイズの解けた嬉しさを表明すべく、私に握手をもとめて来たのである。

どうやら、ヤポンスキーというのは、日本人というロシヤ語にちがいなかった。英語に似たところがあるので、私はすぐに了解することができたが、しかし、これでタネは跡切れた。仕方なく私は、ロシヤの十九世紀の小説の中に出てくる、「……イッチさん、まあ、煙草を一服」という場面を思い出して、大急ぎでポケットをさぐり、煙草のケースを差出すと、相手がそれをうけとり、そのかわり相手も、ロシヤ煙草を一本ずつ私にくれたので、それで、この日ソ二等兵の交歓は無事に終了したのである。

全く、それは、無事というのほかなかった。なぜかと言えば、後になって考えると、彼等は戦争の終った気休めに、女あさりに出かけていたのに違いなかったのである。私は男であるからその点安心であったが、もしも私が女であったなら、タワーリシチ（同志）など親しげな言葉をかけた手前、目の前の公園につれ込まれても、文句は言えなかったであろう。仮定の問題には答えられないが、彼らが女と同程度に好きであった腕時計を、私は左の手首にはめていたが、その腕時計が目につかなかったのは、全く奇蹟と言うよりほかなかったのである。

私はさっそく、腕時計は売ることにした。売りはらって、酒でものんでおけば、もう掠奪の心配はないからである。

けれども、悲しいことに、この世には、銭というものがある。私は日ならずして、冬の洋服を満人街のボロ市に売りに出かけた。一つ売ると、二つ売りたくなるもので、私は冬が来るまでには、いくら長びいても、日本に帰れるであろうと、見込んだのであった。

ところが、冬服を売って、一里の道を清和胡同までかえると、胡同の四ツ角みたいなところから、にゅっと二つの影がとび出た。

と同時に、私の胸に銃口をつきつけたのである。だが私は、別に驚きはしなかった。そのかわり〝しまった〟と思った。

なぜなら、つい二時間ほど前、満人のボロ屋が親切に、お金は靴下の中にかくしておくのが最も安全だと教えてくれたのを、つい面倒から、実行していなかったからである。

私は無条件降伏の意を示して、両手を高く上げた。すると相手の兵士は、その両手をひきずりおろして、両の手首をさぐった。が、むろん時計があるわけはなかった。見込みのはずれた相手は、私の洋服のポケットに手を突っ込んで捜した。はあ、はあ、荒い息づかいがきこえるのは、相手は興奮しているからであろう。だが、洋服のポケットからは、何も出ては来なかった。

すると相手は、こんな筈はないというように、最後に私のズボンのバンドをはずした。そうして、私の股倉に手を突込んで、私の冬服売却金を全部、つかみ出すことに成功したのである。

「おー、タワーリシチ」と私は思わず叫んだ。何だか、このソ連兵が、これからこの金を持って、赤線地区に行くのであろうと思うと、理由もなく親近感がわいたのである。

だが、相手は私の親近感など理解しようとせず、「シッ、シッ」というようなロシヤ語で、私の大声をけん制し、あわてふためいて、どこかへずらかって行ったのである。

時間にすれば、二分か三分かの早業であった。かれらにしても、憲兵《ゲベウ》は怖いのであろう、と思いながら、私はゆっくりバンドをしめ直した。そして実に意外なことだが、私はちょっと口では言いようのない、譬《たと》えば若い女がはじめて男とねたあとのような、妙にさっぱりした気持を味わうことができたのである。

だが、そういうさっぱりした経験を数回くりかえしているうち、いつしか満州には寒い冬が来ていた。ソ連は、もう今すぐ、日本人は日本に帰すというような噂を度々たてながら、なかなか実行はしてくれないからであった。

見込みをまちがえた私は、こんな事なら冬服は売るんじゃなかったと後悔したが、後悔よりも生活に窮して、明くる年の一月には、私はてんぷらの行商人におちぶれていたのである。

もっとも、おちぶれたのは、私ひとりだけではなかった。たいていのものが、落ちぶれていたのであったが、或る日、今は土佐の国で選挙管理委員をやっている、敗戦までは我が嘱託名義で半カ年籍をおいていたM公社の同僚であった宮地喜郎君が、北鮮に疎開したまま消息不明の細君の着物を売りはらった金を資本にして、てんぷらの製造をはじめたので、私はもっぱら販売の方を受持つことにしたのである。

その行商の第一日、私はやっと責任額《ノルマ》をはたして、その翌日の朝、売上代金を持って、清和街をつっきって、興安大路に曲って、一丁ばかり行った時であった。

「おい、こら、こら、……こらッ」と私は後ろから日本語で呼ばれた。ふり返るまでもなく、それは、いま先きすれ違ったばかりの満人巡査であった。が、私は聞えない振りをして、数歩あるくと、巡査は追っかけて来て、私の腕をひっつかまえた。

どうも油断というよりほかなかった。しかもこれは、シベリヤ行きの捕虜の徴発なのである。ソ連兵では、満人と日本人の区別がつかないから、目のきく満人巡査を利用しているのである。暫く、この街頭徴発が中止になっていたが、又々始まったらしいのである。

私のあとから、あッという間に、日本人が二人つかまった。それで、三人は、巡査から、あそこの交番の中に入って、待っているように命じられた。それで、三人は、交番に向った。向いながら、半丁ばかり、私の頭は混乱してきた。せっかく、去年の秋、ソ連の美人士官が、不合格と判定してくれたのに、今さら満人巡査の摘発で、シベリヤへ行くのは、物の道理がちがうのである。行ったら最後、凍死はまぬかれないであろう。

私は交番の前まで来た時、急に小便がしたくなった。小便は、満州では、どこでやっても天下御免の慣例である。それで、小便しながら、今私をつかまえた巡査は何をしているであろうかと振りかえると、巡査は日本人でない誰が満人の知合いらしい者と、立話をしているのが目にとまった。しかも、私の方に半分背をむけた姿勢でである。

私は前後の思慮もなく、すッと交番の裏にかくれた。その瞬間、巡査が見たかも知れないような気がした。見たが最後、巡査は追っかけて来て、ピストルをぶっ放つかも知れなかった。だが、シベリヤへ行って死ぬより、ここで死ぬる方がいくらかましなような気がして、無我夢中、西に向って路地を駆け出した。その路地は、表通りに面した商店の裏の勝手口のならんだ狭い路地であったが、だから私は二丁ばかり一生懸命駆けた時、路は行きつまって、高さ五尺ばかりの煉瓦塀にぶっつかった。

でも、ここまで逃げて、後しざりはできないので、渾身の力をこめて、その塀に這いあがり、向うの道に飛びおりると、その道の丁度まん前に、新宿二幸の四分の一くらいの大きさのビルがあって、そのビルの玄関に一人のソ連兵が、銃を肩にかけて、歩哨に立っているのが目にとまった。

飛んで火に入る夏の虫。私はわざわざ虎穴のまえに、飛びおりたようなものであった。

交番に仮集合させられた捕虜は、一括されて、この営舎に運び込まれるものに違いなかった。

私は自分の頓馬に呆れたが、次の瞬間、

「やあ、……」

と歩哨に向って声をかけた。

去年の夏、おぼえたきり、まだ一度も使ったことのない、例の「ヤア、ニエ、オーチエン、ズダローフ」という会話語をこの際役立てようと考えついたのである。

「ヤア、……」

だが、声は出なかった。命がけで駆足をした結果、咽喉がつぶれてしまっていたのである。

じれったさに、こわごわ歩哨の顔をうかがうと、しかしああ、何という奇遇であろう、その歩哨は、去年の夏、児玉大将の銅像の前で日ソ会話をやって、煙草の交換などした二人の兵士の中の、顔にそばかすのあるソバーカス二等兵であるのに私は気がついた。

「おー、ソバーカス」

と、呼びかけると、今度は不思議に声が出た。

私は、なつかしさのあまり、三歩ばかり、ソバーカスの方に近づいて行った。

すると、その時、それまで蛙の頭に水をひっかけたみたいにキョトンとしていたソバーカス二等兵が、あわただしく手をふって私の接近を制した。つまりそれは、今日はお前はこの兵舎に近づいてはいけない、規則だからやむを得ん、という歩哨の任務権を、彼は行使したのである。

瞬間、私はこの歩哨はソバーカスとは少し違うような気もしたが、何はともあれ、かれらの国の軍規に従って、急いでその場を立ち去ったのである。

一たん、宿に帰った私は、一時間ばかり休息した。そして心臓の動悸がやっとしずまると、同じ宿舎に北満の炭鉱町から避難してきていた半後家の菊田ヤス女のところへ行って、たのみこんだ。

「菊田さん。ちょっと、キミちゃんがあいていたら、貸してくれない？」

キミちゃんというのは、かぞえ年四歳になる女の子であった。

「ああ、よかんべ。だけど、いくらよこす？」

「そうだなあ。五十円（米一升五合代）ではどうだ？」

「冗談じゃない。百円（米三升代）よこしとくよ」

「ダア、ダア。じゃア、そら百円、前金でわたしなよ」

百円といえば、昨日のてんぷら行商の利益は、すっかりフイになる額であったが、私は借りたキミちゃんをねんねこにおんぶして、再び外に出た。

何はともあれ、てんぷらの売上代を宮地君にわたしておかなければ、製造部の彼も、明日の仕入れに困るであろうと思ったからである。事情を知らない人のためにつけ加えるなら、幼児さえおんぶしていれば、街頭で捕虜になる気遣いは、まず絶対になかったのである。

それで私は、先刻通ったのと同じ清和街を同じようにつっきって興安大路に出た。するとその先が交番である。交番はガラス戸が凍って、中は見えなかったが、さっき街上に張っていた巡査も、姿がみえないところをみると、既に今日の捕虜は定員に達して、引渡しもすんだかのようであった。

それがわかると、私は何だかしらず、物足りないような、うらさびしい気持が頭をもたげて、防寒靴の先でいやに雪をけとばしながら、宮地君の待っている興亜街の方へ、カラの重箱さげて急いだのである。

〔昭和31（1956）年10月「文藝春秋」初出〕

# 竹の花筒

一週間ばかり前、私は新宿の飲屋で、久しぶりに、菅井一郎に出会った。菅井は戦争中、同じ高円寺に住んでいて、私とは町内づきあいしていた男である。と言っても、最初に二人を紹介したのは、X大学フランス語講師の太田で、場所も同じ新宿の飲屋であったが、話しているうちに同じ町内の住人であることが分ったのである。

菅井はX大学の庶務会計の部長か副部長かのような要職にあった。私などのようにぐうたらな失業文士と違って、一言で言えば、豪傑型親分肌の男で、たとえば丁度その頃、国民服というものが制定されると、いちはやく大学の全職員に、その甲号というのを無料配布したことがある。フランス語の太田など、最初着るに着られず、屑屋にも払えず、閉口頓首の態《てい》であったが、だんだん戦争がはげしくなるにつれ、ゲートルが物を言い出した頃には、なくてはならぬ必需品になり、菅井の先見の明に瞠目せずにはいられなくなった。

菅井は豪傑型の常として朝帰りすることが度々あった。二日に一度ぐらいの割合だったかも知れない。するとそのたび、菅井は玄関で靴をぬぐ前、財布の中から五円札を一枚ひきぬいて、夫人にわたしした。万事は一瞬のうちに、解決してしまうという有様であった。

町内づきあいしているから、私は現場を実際に目撃して、その実力の程に驚嘆させられたものである。だから実力皆無の私などにも、町会から国債の割当があると、私は組長から債券を前借りして、その足で菅井家に駆け込み、国債を菅井に買ってもらい、受け取った現金を隣組長に渡したりしたものである。

そんな懐旧談に花が咲いて、その夜、私は終電に乗り後れ、ものは序でみたいに、菅井の現住所である大久保の家に泊ることになった。

あくる朝、顔も洗わず、二日酔いの調節に二人でビールを飲んでいると、夫人があがってきて、

「あの、おあずかり物があるんですけれど、今日お持ちになりますか」

と言った。夫人は昔は痩せぎすの花車《きやしや》な体つきで、傍目《はため》にも、精力家の菅井を満足さすには、力不足のように思われたものだったが、今はでっぷりと太って顔がつやつやとして来ていた。

「さあ、おあずけ物って、……何でしょう。思い当りませんが」

と私は首をひねりながら言った。まさか、昔買ってもらった国債なんか、おあずけものとは、言えない筈である。おかしな気分で、ビールを飲んでいると、夫人は階下におりて行った。間もなく、さも大事そうにデパートの包装紙にくるんだ品物をもって上ってきたので、いぶかりながら中をあけてみると、それは、長さ約二十センチ、直径約八センチばかりの、竹の筒であっ

たのである。

昭和二十二年三月、私は郷里の疎開地にいた。もっと正確に言うなら、私のは、本当の疎開ではなかった。

私の家族で、いの一番に疎開したのは、私の長男であった。長男は当時、国民学校初等科の二年生だったが、その年の四月頃、サイパンが落ちた頃から、東京には疎開騒ぎが持ち上り、学童は全部疎開というお触れが出たので、やむなく、郷里でひとりぐらしをしている老母のもとに、あずけることにしたのである。

長男が疎開して暫くして、郷里から分厚な手紙が来た。手紙の中には、長男が学校で書いた綴方と書方が封入してあって、その綴方の題は、「おとうさん」というのであった。

おとうさん

おとうさんは、おさけが、大すきです。いつでも、ひる、あさ、ばん、ねます。よる、三かいごはんをたべます。

ときどき、外で、よっぱらいます。おとうさんは四十一です。

おとうさんは、よく、ぼくに、

「おさけは来たか。さかやにききに行け」

といいます。
てがみをくれるときでも、しょうせつのかみでくれます。

一読した私は、顔中が火のようにほてるのを覚えた。おとうさんとは、フィクションのない私がモデルなのである。だからに違いない、受持の先生は、やさしい女文字で、「よく書けました。おとうさんが目に見えるようです」なんて、面白がったみたいな評さえつけていたのである。

しかし私はその頃、一合の酒にありつくため、昼の日中から何時間も国民酒場に並ぶのを、中止する訳には行かなかった。あぶれた日の次の日など、午前中から行列に出かけて、前の日のマイナスを取り返すのに懸命だった。

ところがそのうち段々、空襲がはげしくなると、その国民酒場も店をあけないようになり、愛想をつかした私は、その春頃から話のあった満州に、就職して行く決心をつけた。

そうして向うで予定のうちにはなかった敗戦を迎え、再び日本にまい戻ったのは、昭和二十一年も、秋風がぼつぼつ立ちはじめようとする頃だったのである。

私が日本に不在中、高円寺の借家は戦災をうけていたので、折角、佐世保の上陸地では、東京行きの切符を貰いながら、私は仕方なく、妻の疎開先である私の郷里に、途中下車しなければならなかった。

ねる家がないよりは、遙かにましであったが、私の母は私の渡満中、すでに他界していたので、私は自分の生家に帰りながら、何とはなし、どこかよその家にムコ入りして来たような錯覚を覚えた。錯覚ばかりか、ある時なぞ、昼寝から目がさめて、何か思いちがいをして、

「おかあさん」

と台所で水音のしている方に向って叫んで、私の妻を周章狼狽させた。妻は百姓仕事していたから、色が真黒になったのは当然としても、頤の張り具合に奇妙な角が立って、後家の相がありありと出ているのが、私にはやりきれなかった。周章狼狽した時なんかの場合、その後家相は一層顕著になるのである。

そのくせ、妻は私を大事にして、私が東京！　東京！　と、あさ、ひる、ばん、帰りたがっても、一瞬一刻といえども、家から離したがらなかった。

やっと、半年すぎて、本人はそれほど衰弱しているとは思わなかったが、私の健康がほぼ元通りに回復した時、はじめて東京行きの許可がおりた。むろん本当の転入ではなく、見物である。まだ切符の入手が困難な時であったが、私の妻はどこからかその切符も手に入れて来た。そして晩酌のお酌をしてくれながら、言った。

「汽車がずいぶん込んで、なかなか便所にも行けないそうですよ。だからミチイさんなんか、米の闇で大阪への行き帰り、おむつを手放したことがないんですって。あなたも念のために、おむつの用意をしましょうか」

私はふと、長春からコロ島に向う道中、無蓋車の中に一斗樽やバケツを持ち込んで、男も女も用をたした時の光景が思い浮んだ。あれよりももっと、ひどいもののようであった。

するとその時、

「とっちん。そんなの、よしときな」

と隣の部屋で宿題か何かしていた小学四年生の長男が声をかけた。

長男は、当時、私のことをとっちんとよんでいたのである。それは東京語でも郷里語でもない、不思議な用語だった。

「何故だい？」と妻が反問した。

「だって、むつきなんか、きたないよ。べとべと小便がくっついて、とっちんの服が台なしになるじゃないか」

「そりゃ、少し位はよごれるかも知れないさ。でも、とうちゃんが、汽車の中で、脳貧血をおこしたり、卒倒でたおれたりすることを思えば、何でもないじゃないか。それとも、お前、何かいい考えがあるかい」

「うん、ある。……一切は、ぼくにまかしときな」

自信たっぷりな答え方をするが早いか、長男は宿題を中止して、台所の道具箱の中から鋸をつかんで、裏の竹藪に向った。

それから四日目の朝、私は東京行きの汽車にのった。

予期していたとおり、汽車はすし詰の満員であったが、汽車が神戸と三宮の中間に不意に停車した時、私は一つの座席を見つけることができた。私の座席の前にいた沖縄がよいの闇商人が、「わしの家はあそこなんだがなア」と窓からのぞいて残念がったので、「かまわん、かまわん、ここで飛びおりなさい」と私はけしかけてやって、その後に坐ったのである。

大阪ではかなり、乗客の入替りがあった。私が今までいた場所に来て立ったのは、年のころ三十二、三の、年増の婦人であった。体格は太りすぎてもいず、痩せすぎてもいず、何よりくったくのない明朗な顔つきに、私はまず好感を覚えた。

けれども好感をよせればよせるほど、物が言いにくくなるのは、明治生れの男の欠陥であろうか。さっきまで幸か不幸か、沖縄がよいの闇商人と話をはずませていた、私の斜め向いの、茶色の長靴をはいた、私の推量によれば獣医と思われる男が、婦人をつかまえて会話をはじめた。

私がその会話を傍聴したところによれば、婦人は目下紀州に疎開中であるが、東京にいる主人に逢いに行ってやるところであった。自分も早く東京に転入したいのだけれど、住む家が思うにまかせないのだそうであった。夫婦は大森に家作を五、六軒持っていて、その五、六軒は戦災をまぬがれたが、肝心な本人の住居は焼失したので、今はその家作の中の三畳一間に、高い間代をだして間借りをしているのだそうであった。

「それで、奥さんは、月に何回位、上京されるかね」と獣医がずけずけと尋ねると、

「そんなに何回というほど行ってはやれませんよ。せいぜい三月に二度位でしょうか」

と婦人が答えた。

それにしても、私は婦人の旅なれた軽装に感心した。婦人は着物を着て、コートを羽織って、荷物といえば手に買物籠を一つぶらさげているだけのカンタンさで、ちょっとそこらあたりへ散歩にでも出かける時のような印象だった。現にこの列車には薩摩藷《さつまいも》を二十貫も持ち込んでいる女性もあれば、私のように米を五升もリュックに詰め込んで来た男もあるのに、なんと彼女の旅装のかろやかであることよ。

そう、私が感心している時、列車は逢坂山トンネルを出て、近江の国にさしかかった。もうすぐ瀬田の唐橋が見える頃である。私は窓の方に顔を向けて外を見ていると、列車が馬鹿でっかく動揺を起して、婦人の体がぐらりと私の体に崩れかかった。

「どうも、相すみません」

「いえ、どういたしまして」

私ははじめて婦人にものを言った。

ところがそのあとですぐ気がついたことだが、婦人は私に崩れかかった時、買物籠の中に入れてあった生卵をこわして、私のオーバーの膝の上には、生卵の汁がべとべと流れているのであった。

思わぬ不覚に、さすが旅なれた婦人も、顔を真赤に染めた。あわてて袂の中から白いハンカチをとり出して、私がもうよろしい、結構です、と何度も辞退するにもかかわらず、婦人は心ゆくまで、たんねんに、生卵の汁をふきとってくれた。

丁度その頃、車内がまた一段と混んで来た。それは、大阪京都あたりで乗り込んで、デッキにぶらさがっていた乗客が、一寸刻みに中に押し寄せて来たからであった。「いたーい」とか「ちっきしょう」とかいう喚き声が聞えて、ある一瞬、婦人の膝小僧が私の両腿の間にすべり込んだ。

すべり込んだまま、婦人は抜くこともできなかった。

私は何だか圧迫みたいなものを感じて、それとなく婦人に失礼にならない程度に押返してみたが、私の微力ではどうすることもできなかった。

やっと何時間か過ぎ、列車が浜松について、私の左側にいた男が下車したのを潮に、私の腿は婦人の膝小僧から解放された。その長い間、私は尿意の催しつづけであったが、さてそれでは、ここらへんで一発、長男が作ってくれた竹筒のシビンで、息を抜きたいものだと思った。

ところがそうは思っても、僅か一人浜松で乗客がおりた程度の車内の密度では、腰掛の下に押し込んであるリュックを引きずり出すのさえ、容易な業《わざ》ではなく、私はせっかくのシビンも使わずじまいになってしまったのである。

難行苦行みたいな二十時間がすぎて、東京駅に到着すると、私は気違いみたいに便所にとびこみ、それから中央線にのりかえて、高円寺に向った。

そうして二年三ヵ月ぶり、高円寺駅の改札口をぬけ、駅から二分のもとの住居の、いまは芽が二、三寸のびた麦畑の霜柱を感慨こめて眺めた。その足で同じ町内ながら戦災をまぬがれた菅井家をたずね、一週間ばかりお世話になったのである。

で、つまりその竹筒は、その時、私が意識的に菅井家におき忘れてきたものであったが、菅井家はそれから二度も転居したにも拘らず、そのたびごと、奥さんが大切に引越荷物の中にいれ、保管をつづけてくれたもののようであった。私にいまさら、実は奥さん、それはシビンですから、ごみ箱にでも捨てて下さい、とは気の毒で言えたものではなかった。

大事でもないものを大事そうに抱えて、家にかえると、

「これ、何のお土産?」

と私の妻が首をかしげながら包装紙をめくって、

「へえ。これ、竹の花筒ですか。何だか不恰好だけれど、でも、この間の一合枡よりはずっといいわね」

とほめた。昔のことはぜんぜん忘れているらしかった。

私は、時たま、古道具をひやかす癖があるのである。むろん崋山だの応挙だののような一流品の掘出物ができる眼識は持たないけれど、でも、そこは分に相応した実用品まがいのゲテモノを、買って来るのである。

先日も、私は西荻窪の古道具屋で、一合枡を見つけ出した。私の直感では江戸時代のもののようで、表面はすっかり米や麦を何万回かすくっている間にすりきれて、木目だけが縞模様の

ように浮いているのが気に入って、私は買ってきたのである。が、わが家では別に使い道もないから、私はいまそれを机の上において、インク瓶を入れているのである。

その一合枡よりもずっといいと言うのである。私はそれほどまでとは思わなかったが、この竹筒はなるほど、妻の言うとおり、生花用の花筒になるという考えがうかんだ。長男はあの時腕によりをかけて、学校の工作で習った知識を応用して、塩酸などぶっかけていたから、それが今では時代がかった色を帯びて、色合いもまんざら捨てたものではなかった。

物はためし、私は庭に出て、あり合せのくちなしの花を取って来て、竹筒に挿してみた。このくちなしは、私たち一家が郷里を引きはらって上京する時、思い出のよすがにもと、持って来たものであった。が花は水持が悪いらしく、一夜のうちに色があせて、生花にはてんで適しなかった。

で、あくる日、私は垣根ごしに隣家の庭にさいているあやめの花をもらって活けてみたが、これまた、一夜のうちにしぼんでしまった。

どうもスムーズにはいかないものであった。で、私はその明くる日の朝、濡れ縁に腰かけて、うかぬ顔で、梅雨空を眺めていると、軒先に夏の日よけ用に植えた葡萄の花が、今年はいつの間にか花をつけているのを見つけた。小さなハチが花にむらがって、花から花へとび廻っているので、それがわかった。

私はさっそく鋏を持ち出し、葡萄の花を茎ごと剪《き》り取って、竹筒に生けたのである。

だが生けてみると、この花筒は葡萄を生けるのには小さすぎた。私はちょっとヤケ気味で、鋏でもって、葉という葉はみんなちょんぎって、茎と花だけにすると、それが戦後流行の何とか華道の流儀になって、一種まんざら棄てたものでもなくなって来た。一層のこと、おき場所も机の上から移して、玄関の下駄箱の上に据えてみてみると、葡萄の花はせまい玄関で、何とも言えず涼しいような甘い匂いをただよわせた。

こんな時、誰か友達でも来てくれればいいと私は思った。

が、皮肉なもので、その日も、またその次の日も、誰ひとり訪問客はなかった。三日目になって、もうちょっと忘れかけていた頃、玄関の外で誰か女の声がした。

私は直感的に、いつもよく来る女の屑屋かと思った。が、実際は屑屋ではなく、私の長男のガール・フレンドが、私の長男を訪ねて来たのであった。

それが証拠に、

「わあ、すごいわねえ。……この花、なんていうの。……ヘリオトロープっていうんじゃない?」

とか、なんとか、はしゃいでいる声がきこえ、それから、

「ねえ、この花筒、どこで売っているの。……とても素敵じゃないの……」

と私の前衛華道を手ばなしでほめちぎっている声がきこえた。

ただかなしいことには、私の長男は、その両方とも、返事ができない様子だった。十年前自分がつくった竹筒のことは勿論、いま自分の家の軒先に咲いている植物の名前さえ知らない様

子だった。

私はそれまで机に向って本を読んでいたのであるが、これを境に本の活字が頭に入らなくなった。何となくそわそわして、机の前で身をもてあましていると、妻が長男のガール・フレンドに出したコーヒーのお裾分けを持って来て、私の机の上においた。

「おい」

と私は小声で妻に声をかけた。

「あの、いま来ている女、あれは何ものだい？」

すると私の妻は、無言のまま、大きくかぶりをふって知らないと言った。

「じゃ、いま、何をしている？」

「なんだか、よく分らないけれど、これから、二人でノートのつき合せでも、するらしいわ」

と妻が言った。

私はコーヒーを一杯、のんだ。が、私の何とないそわそわは、とまらなかった。

私は外出することにした。その旨を告げに茶の間にはいって行くと、妻の姿は見えなかった。が、何しろ小さな家ときているので、妻の居場所をさがすのに、手間はかからなかった。台所をのぞくと、台所の板の間に、かたつむりのようにぺちゃんと坐り込んでいる妻の姿を、私は見つけた。

「おい」

と私は声をかけて、自分の帽子を振って外出の意を示すと、

「…………」

ちょっと羨ましいような日付で、妻はうなずいた。

けれども私は外出したものの、どこへ行くという当てはなかった。散歩ということにすれば目的地はいらぬ筈だが、こんな自分が時間をもてあますような日に、多忙な友人知己を訪ねて邪魔するのも、気がとがめた。

凡そ三十分ぐらい外をぶらついて、私は何時《いつ》となく、井之頭《いのかしら》の公園に来ていた。

そして私は公園のベンチの上に、何かの修業者が気を落着かせるように、キチンと静坐している自分を見つけた。

静坐していながら、私は何度か知れず、自分のぬいだ下駄を直した。ニの字に並べてみたり、ハの字に並べてみたり、イの字に並べてみたり、ステッキの先でくりかえした。いくら並べ直してみても理想型にはならなかった。

でも私はくりかえした。


〔昭和32（1957）年8月「文藝春秋」初出〕

# 注釈

（1）尋常小学校と高等小学校を併置した尋常高等小学校は、それぞれ、尋常科、高等科と称せられ、尋常科が義務教育であった。本作品の時代は大正5年頃と考えられるが、当時の尋常科は、満6歳で入学、修業年限は6年。

（2）むぎわらを漂白して、さなだひものように編んだもの。主に夏用の帽子をつくる。

（3）かまど。かまどの煙出し。

（4）明治40年~昭和21年。生前に詩集なく、死後昭和23年、草野心平らの尽力で『逸見猶吉詩集』が出版された。

P+D BOOKS ラインアップ

P+D BOOKS ラインアップ

小説 みだれ髪　和田芳恵　●著者の創意によって生まれた歌人の生涯

なぎの葉考・しあわせ　野口冨士男　●一会の女性たちとの再訪の旅に出かけた筆者

暗い夜の私　野口冨士男　●大戦を挟み時代に翻弄された文人たちを描く

故旧忘れ得べき　高見 順　●作者の体験に基く〝転向文学〟の傑作

貝がらと海の音　庄野潤三　●金婚式間近の老夫婦の穏やかな日々を描く

せきれい　庄野潤三　●〝夫婦の晩年シリーズ〟第三弾作品

## P+D BOOKS ラインアップ

幼年時代・性に眼覚める頃　室生犀星
●犀星初期の“三部作”を中心に構成された一巻

天上の花・蕁麻の家　萩原葉子
●萩原朔太郎の娘が描く鮮烈なる代表作2篇

父・萩原朔太郎　萩原葉子
●没後80年。娘が語る不世出の詩人の真実

光　日野啓三
●近未来の東京“喪失と新生”の物語

海軍　獅子文六
●「軍神」をモデルに描いた海軍青春群像劇

達磨町七番地　獅子文六
●軽妙洒脱でユーモア溢れる初期5短編収録

（お断り）

本書は1977年に旺文社より発刊された文庫を底本としております。

あきらかに間違いと思われるものについては訂正いたしましたが、基本的には底本にしたがっております。また、一部の固有名詞や難読漢字には編集部で振り仮名を振っています。

本文中には百姓、痘痕、丁稚、書生、盲従、女中、小使、女教師、盲、ツンボ、郵便屋、土方、農夫、支那人、女士官、満人、北鮮、後家、屑屋などの言葉や人種・身分・職業・身体等に関する表現で、現在からみれば、不当、不適切と思われる箇所がありますが、著者に差別的意図のないこと、時代背景と作品価値とを鑑み、著者が故人でもあるため、原文のままにしております。

差別や侮蔑の助長、温存を意図するものでないことをご理解ください。

木山 捷平（きやま しょうへい）
1904（明治37）年3月26日—1968（昭和43）年8月23日、享年64。岡山県出身。1963年『大陸の細道』で第13回芸術選奨文部大臣賞を受賞。代表作に『河骨』『長春五馬路』など。

## P+D BOOKS とは

P+D BOOKS（ピー プラス ディー ブックス）とは
P+Dとはペーパーバックとデジタルの略称です。
後世に受け継がれるべき名作でありながら、現在入手困難となっている作品を、
B6判ペーパーバック書籍と電子書籍を、同時かつ同価格で発売・発信する、
小学館のまったく新しいスタイルのブックレーベルです。

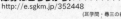

耳学問・尋三の春

２０２２年９月13日　　初版第１刷発行
２０２３年２月15日　　第３刷発行

著者　木山捷平
発行人　飯田昌宏
発行所　株式会社　小学館
〒１０１－８００１
東京都千代田区一ツ橋２－３－１
電話　編集　０３－３２３０－９３５５
販売　０３－５２８１－３５５５
印刷所　大日本印刷株式会社
製本所　大日本印刷株式会社
装丁　おおうちおさむ　山田彩純
（ナノナノグラフィックス）


ISBN978-4-09-352448-3

P+D BOOKS